Wolfram Hänel

Der verschwundene Weihnachtsmann

Dieser Weihnachtskrimi erzählt in 24 Folgen von einem Fall, der es in sich hat. Gleichzeitig verkürzt er als Adventskalender die Wartezeit bis Weihnachten. Jeden Tag vom 1. bis zum 24. Dezember kannst du die Seiten eines neuen Kapitels öffnen. Mit einem Lineal oder mit einem Brieföffner funktioniert das besonders gut. Viel Spaß dabei!

Wolfram Hänel

Der verschwundene Weihnachtsmann

Ein Weihnachtskrimi in 24 Kapiteln

Mit Illustrationen von Silke Brix

cbj

cbj ist der Kinder- und Jugendbuchverlag
in der Verlagsgruppe Random House

FSC
Mix
Produktgruppe aus vorbildlich bewirtschafteten Wäldern, kontrollierten Herkünften und Recyclingholz oder -fasern
Zert.-Nr. SGS-COC-003210
www.fsc.org
© 1996 Forest Stewardship Council

Verlagsgruppe Random House FSC-DEU-0100
Das für dieses Buch verwendete FSC-zertifizierte Papier
Munken Premium liefert Arctic Paper Munkedals AB, Schweden.

Gesetzt nach den Regeln der Rechtschreibreform

1. Auflage 2008

Umschlagbild und Innenillustrationen: Silke Brix
Lektorat: Sarah Schugk
Umschlaggestaltung: Basic-Book-Design, Karl Müller-Bussdorf
SaS · Herstellung: WM
Satz und Reproduktion: Uhl + Massopust, Aalen
Druck: Westermann-Druck, Zwickau
ISBN: 978-3-570-13452-8
Printed in Germany

www.cbj-verlag.de

1. Dezember

Es ist jedes Jahr dasselbe, denke ich, so ungefähr vier Wochen vor Weihnachten fällt den Lehrern plötzlich ein, dass sie ja unbedingt noch ein Theaterstück brauchen – für die Weihnachtsaufführung in der Schule. Und dann steht die Lehrerin wieder ratlos vor der Klasse und hofft, dass irgendjemand eine Idee hat. So wie jetzt.

»Hat irgendjemand eine Idee?«, fragt die Lehrerin.

Keiner sagt was. Alle tun so, als hätten sie die Frage nicht gehört. Nur Karlotta zuckt mit der Schulter und schüttelt den Kopf.

»Na los«, drängt die Lehrerin, »so schwer kann das doch gar nicht sein. Sonst führen wir eben wieder ein Krippenspiel auf und …«

»Oh nein! Bloß nicht!«, rutscht es Sebastian raus.

Letztes Jahr hat Sebastian das Jesuskind spielen müssen. Was er offensichtlich ziemlich blöd fand. Nicht nur, weil er die ganze Zeit mit einem alten Tuch als Windel in der Krippe liegen musste, sondern vor allem weil Alexander den Josef gespielt hat! Und weil Alexander und Sebastian sich nicht besonders mögen, hat Alexander die Chance genutzt, um Sebastian ständig zu ärgern. Er hat ihn entweder heimlich an den Haaren gezogen oder versucht, ihm die Windel wegzunehmen. Und als er ihn nur mal kurz hochhalten sollte, um ihn den Heiligen Drei Königen zu zeigen, hat er ihn einfach fallen lassen!

Und Sebastian durfte sich ja nicht wehren. Er konnte nichts machen, außer die ganze Zeit wie am Spieß zu schreien! Was zwar ganz gut zu seiner Rolle passte, ihm aber trotzdem keinen Spaß gemacht hat.

Mir hat das Krippenspiel übrigens auch keinen Spaß gemacht! Ich war nämlich einer der Heiligen Drei Könige – Melchior! Damit ich möglichst echt aussehe, hat mir Sabine das Gesicht und die Hände mit schwarzer Schminke eingeschmiert. Klar, ich muss schon zugeben, dass das wirklich nicht schlecht aussah. Am Anfang jedenfalls. Aber weil es auf der Bühne unter den Scheinwerfern total heiß war, fing die Schminke irgendwann an zu tropfen. Und als ich Josef, also Alexander, die Hand schütteln sollte, um ihm zu seinem Sohn zu gratulieren, war seine Hand hinterher schwarz! Und die Zuschauer haben sich halb kaputtgelacht …

Jedenfalls habe ich auch keine Lust, noch mal ein Krippenspiel aufzuführen. Also melde ich mich und sage: »Sebastian hat recht. Ein Krippenspiel bringt es irgendwie nicht.«

»Krippenspiel ist doch voll gut!«, mischt sich Alexander prompt ein. »Ich weiß gar nicht, was ihr wollt …«

»Aber nur, wenn ich diesmal den Josef spielen darf!«, ruft Sebastian. »Und Alexander muss das Jesuskind sein.«

Alle lachen. Und es stimmt schon, die Vorstellung, dass Sebastian den Josef spielt und Alexander das Jesuskind, ist wirklich ziemlich komisch. Alexander ist nämlich der Größte bei uns in der Klasse – und Sebastian sieht immer noch so aus, als wäre er gerade gestern erst in die Schule gekommen.

Die Lehrerin hebt die Hand, bis wieder Ruhe ist. Dann sagt sie: »Also gut, was machen wir? Phillip, hast du vielleicht eine schöne Idee für uns?«

Wieso immer ich, denke ich, wieso können die Lehrer nicht mal selber eine Idee haben? Hätte ich bloß meinen Mund gehalten. Allerdings wäre dann das Risiko auch ziemlich groß, dass ich in spätestens vier Wochen wieder als schwarz geschminkter König auf der Bühne stehe.

Ich muss also improvisieren …

»Na ja«, sage ich, »ich hätte da vielleicht tatsächlich eine Idee.«

Alle gucken mich an.

»Und?«, fragt die Lehrerin.

»Wir könnten doch zum Beispiel einen Krimi aufführen«, schlage ich vor. »Also so richtig mit Detektiven und …«

POLIZE

»Krimi ist gut!«, ruft Sebastian. »Und Alexander muss die Leiche sein!«

»Nee!«, brüllt Alexander. »Die Leiche ist immer der Kleinste. Ich spiele den Kommissar! – Außerdem hast du ja schon jede Menge Erfahrung damit, einfach nur so rumzuliegen und gar nichts zu machen«, setzt er, an Sebastian gewandt, noch hinzu. »Nur solltest du diesmal vielleicht nicht die ganze Zeit schreien.«

»Ohne mich«, erklärt Sebastian. »Ich spiele keine Leiche, das könnt ihr vergessen.«

»Aber was hat das Ganze bitte schön mit Weihnachten zu tun?«, will die Lehrerin jetzt von mir wissen. Irgendwie klingt sie leicht genervt. Als ob es meine Schuld wäre, dass alle gleich ausflippen.

»Ich meine natürlich einen Weihnachtskrimi«, sage ich schnell. »Und auch gar nicht mit Leichen und so. Eher irgendwas anderes. Was Nettes, was aber trotzdem total spannend ist!«

Ich sehe, wie Karlotta das Gesicht verzieht, als könnte sie sich nicht vorstellen, dass ich tatsächlich irgendeine brauchbare Idee hätte. Habe ich ja auch nicht. Ich improvisiere ja nur. Um uns alle vor so einem Reinfall wie im letzten Jahr zu retten. Aber wenn ich mir Karlotta gerade so angucke …

»Ich hab's«, sage ich. »Wir machen was mit Engeln! Mit irgendwelchen geheimnisvollen Engeln in langen weißen Gewändern, die über die Bühne schweben und …«

Karlotta zeigt mir einen Vogel.

»Und dann?«, fragt Alexander interessiert.

»Dann muss natürlich irgendwas passieren«, spinne ich weiter. »Dass plötzlich der Weihnachtsmann verschwunden ist oder so.«

»Gekidnappt, ganz klar«, nickt Alexander. »Von den Engeln!«

»Was für ein Weihnachtsmann denn?«, fragt die Lehrerin.

»Ich kapiere überhaupt nichts mehr. Wo kommt jetzt auf einmal der Weihnachtsmann her?«

»Der gehört natürlich zu der Geschichte«, sage ich. »Aber die habe ich noch nicht ganz fertig.«

»Das merkt man«, meint Karlotta.

»Ist doch egal«, kommt mir Sebastian unerwartet zu Hilfe. »Ist trotzdem gut.«

Ich glaube allerdings, er sagt das nur, weil er froh ist, nicht das Jesuskind spielen zu müssen. Oder eine Leiche!

»Ich bin dann der Weihnachtsmann«, erklärt er jetzt auch. »Die Rolle gefällt mir.«

»Aber wenn du verschwunden bist, spielst du doch gar nicht mit«, wirft Alexander irritiert ein.

»Eben«, nickt Sebastian, »sage ich doch. Ist eine gute Rolle.«

»Schluss, aus«, sagt die Lehrerin. »Wir machen das jetzt mal ganz anders. Phillip setzt sich zu Hause hin und schreibt uns ein Theaterstück. Meinetwegen auch ruhig einen Krimi. Aber bitte ohne Leichen, ja?! Und die Geschichte muss natürlich Hand und Fuß haben. Außerdem müssen genügend Rollen vorkommen, damit möglichst viele von euch mitspielen können.« Sie guckt mich fragend an. »Also, Phillip, was meinst du, hast du dazu Lust?«

»Ich spiele auf keinen Fall einen Engel, nur dass du es weißt!«, ruft Karlotta, bevor ich überhaupt noch irgendwas sagen kann.

»Und ich will die Hauptrolle, denk daran!«, brüllt Alexander …

Wie wird sich Phillip entscheiden?

Lies morgen weiter.

2. Dezember

Auf dem Weg nach Hause zerbreche ich mir den Kopf. Ich meine, Geschichten schreiben ist nicht unbedingt mein Ding. Und ich habe absolut keine Ahnung, wie mir jetzt irgendwas halbwegs Sinnvolles einfallen soll. Bis Montag! Die Lehrerin hat zwar gesagt, dass ich dafür auch keine Hausaufgaben machen muss, aber ich hätte trotzdem ablehnen sollen.

Hätte ich auch gemacht. Echt! Wenn die Lehrerin nicht noch diesen einen Satz hinterhergeschoben hätte …

»Nun gib dir einfach mal einen Ruck, Phillip«, hat sie gesagt, »so schwierig ist das doch gar nicht. Du setzt dich am Wochenende in aller Ruhe hin und schreibst uns ein schönes Stück. Deiner Deutschzensur kann es im Übrigen nicht schaden! Also gib dir ordentlich Mühe, ich bin gespannt!«

Das mit der Deutschzensur, das war's! Deshalb habe ich auch nur genickt und so getan, als wäre das Ganze kein Problem. Meine Note in Deutsch ist nämlich tatsächlich nicht so umwerfend, und wenn nicht noch ein Wunder passiert, wird da am Ende des Halbjahres eine Zahl im Zeugnis stehen, die ich bisher mit Erfolg verdrängt hatte. Nur dass das lang ersehnte Wunder jetzt ausgerechnet das Weihnachtsstück sein soll, passt mir gar nicht …

Ich komme gerade zur Tür rein, als Sabine das Mittagessen fertig hat. Spaghetti mit Salbeiblättern und gerösteten Erdnüssen. Mein absolutes Lieblingsgericht! Leider auch das von Jasper und Moritz, meinen beiden jüngeren Brüdern. Weshalb ich erst mal keine Zeit mehr habe, noch weiter an meinem Problem rumzukauen, sondern geröstete Erdnüsse zählen muss, damit mich meine Brüder nicht übers Ohr hauen. Was natürlich wieder den üblichen Ärger mit Kalle gibt, der einfach nicht kapieren will, warum es so wichtig ist, wer wie viel Erdnüsse bekommt. Weil sonst meine Autorität ins Wanken gerät. Je älter Jasper und Moritz werden, umso mehr nutzen sie nämlich jede Möglichkeit, meine Autorität zu untergraben. Man könnte auch sagen, sie haben null Achtung vor meinem Alter und meiner Erfahrung! Dabei bin ich fast zwei Jahre älter als Moritz und genau ein Jahr, einen Monat und viereinhalb Tage älter als Jasper. Aber das wollen sie irgendwie nicht wahrhaben und denken, wir wären so was wie gleichberechtigt. Was aber nur stimmt, wenn es gegen Caro geht und wir echt zusammenhalten müssen, weil wir sonst kein Land mehr sehen.

Caro ist unsere große Schwester und die Tochter von Kalle. Während meine Brüder und ich die Kinder von Sabine sind. Und das Baby, das gerade wie üblich mal wieder den ganzen Tisch zusammenbrüllt, ist das Kind von Kalle und Sabine. Ich weiß, das klingt alles ziemlich kompliziert, ist aber eigentlich ganz einfach. Jedenfalls, wenn man sich erst mal daran gewöhnt hat. Weil nämlich Kalle und Sabine beide vorher schon mal verheiratet waren und wir jetzt als Patchworkfamilie miteinander klarkommen müssen. Wozu auch noch Friedolin gehört, unser Hund, von dem aber keiner weiß, wer sein Vater und seine Mutter waren. Den krummen Beinen und Schlappohren nach zu urteilen, wahrscheinlich ein Cockerspaniel und ein Dackel. Oder umgekehrt. Wenn es allerdings was zu essen gibt, kommt eindeutig der Rottweiler in ihm durch!

So wie jetzt, als er nach der Gabel mit den Spaghetti schnappt, die Moritz gerade vom Teller zu seinem Mund balanciert. Aber Friedolin ist schneller und im nächsten Moment hält Moritz nur noch die leere Gabel in der Hand.

»Aus!«, brüllt Kalle. »Kann man denn hier nicht mal in Ruhe Mittag essen?!«

Wobei schon klar ist, dass er nicht nur Friedolin meint. Sondern auch mich und meine Brüder und unseren Streit um die Erdnüsse. Und das schreiende Baby. Vielleicht auch noch Caro, die ihren iPod wieder mal so laut gestellt hat, dass sie die Red Hot Chilli Peppers genauso gut auch über den CD-Player und Kalles große Boxen hören könnte.

»Schluss! Basta! Aus!«, wiederholt Kalle noch mal und funkelt uns der Reihe nach verärgert an.

Friedolin winselt beleidigt und kriecht zurück unter den Tisch.

Moritz macht sich an die schwierige Aufgabe, eine neue Spaghettiladung auf seine Gabel zu wickeln. Jasper zählt die Erdnüsse auf seinem Teller. Caro kriegt sowieso nicht mit, worum es gerade geht, und Sabine verdreht nur die Augen, als das Baby vor Aufregung einen Schluckauf bekommt und sein Lätzchen vollsabbert.

Und ich denke, dass der Augenblick vielleicht ganz günstig ist, um mit meinem Problem rauszurücken. Jedenfalls nicht ungünstiger als jeder andere Augenblick auch …

»Ich glaube, ich habe Mist gebaut«, setze ich also vorsichtig an.

Prompt lassen sie alle die Gabeln fallen und starren mich an, als würden sie mit dem Schlimmsten rechnen.

Sogar Caro polkt sich ihre iPod-Stöpsel aus dem Ohr, um zu hören, warum in spätestens zehn Minuten die Polizei bei uns vor der Tür stehen wird.

»Ganz ruhig, Leute«, sage ich also, »es ist schlimm, aber nicht so schlimm.«

Und dann erzähle ich kurz, worum es geht. Dass ich bis Montag ein Theaterstück abliefern soll. Einen Krimi mit einem verschwundenen Weihnachtsmann. Und mit jeder Menge Engeln, aber ohne eine einzige Leiche.

»Okay«, sagt Kalle eindeutig erleichtert. »Also deiner Deutschzensur kann es mit Sicherheit nicht schaden. Und dir wird schon irgendwas einfallen.«

»Aber ich weiß doch jetzt schon, dass es sowieso nur Ärger gibt«, wende ich ein, »völlig egal, was ich mache. Alexander will die Hauptrolle, Sebastian will gar nicht mitspielen, und Karlotta hat schon gesagt, dass sie auf keinen Fall als Engel über die Bühne schweben wird.«

»Na bitte«, sagt Sabine, »das ist doch schon mal ein Anfang. Außerdem braucht das Stück ja vielleicht auch gar nicht so lang zu sein. Ich erinnere mich noch mit Schrecken an das letzte Jahr! Ich bin vor Langeweile fast gestorben. Vielleicht singt ihr einfach nur zwei oder drei Songs und fertig! Wäre das nicht eine Idee?«

Typisch Sabine! Seit sie in einem A-cappella-Chor singt, hält sie »Songs« für die Lösung aller Probleme …

»Er soll ein Stück schreiben, kein Musical!«, wirft Kalle jetzt auch ein. Er dreht sich zu mir. »Dir ist schon klar, dass du dir natürlich auch ein Bühnenbild ausdenken musst, oder?«

Manchmal merkt man deutlich, dass Kalle Lehrer ist. KUNSTLEHRER!

Ich nicke erst, dann schüttele ich voller Panik den Kopf. Nicht auch noch ein Bühnenbild!

»Alles Quatsch«, erklärt Jasper im gleichen Moment mit vollem Mund. »Ich weiß gar nicht, was ihr habt! Die Sache ist doch ganz einfach. Und ich hab auch schon eine Idee. Gib mir deine restlichen Erdnüsse, dann helfe ich dir!«

»Genau!«, brüllt Moritz begeistert los und schiebt mir seinen Teller hin, »ich helf dir auch!«

Was für eine Idee hat Jasper?
Lies morgen weiter.

3. Dezember

Manchmal finde ich meine Familie ja doch ziemlich gut. Auch wenn das mit den Erdnüssen natürlich ärgerlich und die Idee, die Jasper angeblich hatte, nicht wirklich zu gebrauchen war. Er wollte nämlich einfach einen Kommissar auf die Bühne stellen, der die ganze Zeit mit einem Blaulicht auf dem Kopf hin und her rennt und nach Verdächtigen sucht.

»Das ist dann schon mal die Hauptrolle für Alexander«, hat er erklärt, »und zum Schluss findet er zwar nicht den Täter, aber dafür das Jesuskind! Das passt doch gut zu Weihnachten! Und als Bühnenbild nehmen wir einfach die Krippe vom letzten Jahr …«

»Das ist kein Stück«, hat Kalle gesagt. »Und eine Krippe aus einer alten Obstkiste ist auch kein Bühnenbild.«

»Außerdem haben wir keinen, der das Jesuskind spielt«, habe ich Jasper erinnert, »weil Sebastian nämlich …«

»Ich rede doch auch gar nicht von Sebastian«, hat mich Jasper sofort unterbrochen. »Ich dachte eher an … na ja, unser Baby zum Beispiel! Das liegt dann da so in der Krippe, und dann darf das ganze Publikum auf die Bühne hoch, um es sich anzugucken. Wie in so einem Streichelzoo, kapiert ihr, das finden die Leute garantiert gut!«

Wie gesagt, Jaspers Idee war noch nicht so ganz der Durchbruch. Aber immerhin hat sie uns darauf gebracht, was wir wirklich machen könnten! Und jetzt ist Samstag und das Stück ist so gut wie fertig …

Es geht damit los, dass meine ganze Klasse als Zwerge verkleidet wird. Die Zwerge helfen dem Weihnachtsmann, die Geschenke zu basteln. Wenn der Vorhang aufgeht, stehen sie auf der Bühne und hämmern und sägen wie verrückt, wie in einer richtigen Werkstatt. Das geht so ungefähr zehn Minuten lang.

Dann gibt es noch einen Oberzwerg, der einen Zettel hat, auf dem steht, was alles gebastelt werden muss. Den Oberzwerg spielt natürlich Alexander. Als alle Geschenke fertig sind, will der Oberzwerg den Weihnachtsmann holen, damit der überprüfen kann, ob alles in Ordnung ist. Aber der Weihnachtsmann ist verschwunden!

Die Zwerge fangen an zu weinen und rennen erst mal weg, um den Weihnachtsmann zu suchen. Nur der Oberzwerg steht noch alleine auf der Bühne und fängt an, nach Verdächtigen zu suchen. Genau wie ein richtiger Kommissar im Fernsehen! Er glaubt nämlich, dass der Weihnachtsmann gekidnappt worden ist. Und alle Spuren weisen darauf hin, dass die Kidnapper im Publikum sitzen.

Der Oberzwerg holt also nacheinander ein paar Verdächtige auf die Bühne und fragt nach ihren Alibis. Einfach irgendwelche Leute aus dem Publikum, die natürlich keine Ahnung haben und sich sofort in Widersprüche verwickeln. Das dauert noch mal so ungefähr zehn Minuten, bis Alexander, also der Oberzwerg, plötzlich behauptet, er hätte den Fall geknackt.

Genau in dem Moment aber kommen die anderen Zwerge zurück und erzählen, dass sie den Weihnachtsmann gefunden haben. Und dass es gar keinen Täter gibt, sondern dass der Weihnachtsmann nur draußen auf seinem Schlitten eingeschlafen ist.

»Genau das habe ich auch rausgekriegt«, muss Alexander dann schnell sagen und dann geht der Vorhang zu und alle klatschen Beifall. Auch ungefähr zehn Minuten lang. Aber das Beste ist, dass Alexander zwar die Hauptrolle hat, am Schluss aber ziemlich behämmert dasteht, weil ihm natürlich keiner glaubt, dass er die Lösung wirklich gefunden hatte. Ich hoffe nur, dass er das erst merkt, wenn das Stück schon vorbei ist …

»Perfekt«, fasst Sabine noch einmal zusammen, »das Stück ist jedenfalls mit Sicherheit nicht zu lang.«

»Und Karlotta muss keinen Engel spielen«, ergänze ich, »Alexander kriegt die Hauptrolle …«

»Und Sebastian tritt überhaupt nicht auf«, nickt Moritz.

»Außerdem ist das Publikum beteiligt«, sagt Jasper. »Das machen sie im Fernsehen auch immer so. Das kommt gut. Aber war ja auch meine Idee!«

»Ich weiß nicht«, meint Kalle, »irgendwas fehlt mir noch …«

»Vielleicht könnten am Schluss alle zusammen noch einen Song singen«, schlägt Sabine vor.

Kalle schüttelt den Kopf.

»Nein, nein. Ich dachte eher daran, den Weihnachtsmann noch mal auftreten zu lassen, sozusagen als Höhepunkt!«

»Aber das geht nicht, weil Sebastian …«, setzt Moritz an.

»Nicht Sebastian, sondern … Ich hab's! Wir bauen einfach eine Puppe, die aussieht wie der Weihnachtsmann. Die setzen wir dann auf euren alten Rodelschlitten, den die Zwerge am Schluss auf die Bühne ziehen! Was haltet ihr davon?«

»Hammer!«, sagt Jasper.

Aber da zieht Caro wieder mal ihre iPod-Stöpsel aus dem Ohr und meint ganz cool: »Quatsch. Warum wollt ihr euch so viel Arbeit machen? Nehmt doch einfach die Puppe von Krummbiegels und fertig!«

Wir gucken uns an.

Stimmt! Caro hat recht. Krummbiegels sind unsere Nachbarn. Und sie haben genau so eine Puppe, wie wir brauchen. Einen Weihnachtsmann, den man draußen an der Dachrinne festbinden kann, sodass es aussieht, als würde er gerade zum Fenster reinklettern. Aber weil ihnen die Puppe vor zwei Jahren fast mal geklaut worden wäre, hängen sie sie jetzt nicht mehr auf.

»Ich frage, ob wir sie haben können!«, ruft Moritz und rennt auch schon zur Tür.

Der Einzige, der nicht so ganz zufrieden zu sein scheint, ist Kalle. Und ich weiß auch, warum. Wahrscheinlich hat der Kunstlehrer in Kalle sich schon darauf gefreut, endlich mal eine Puppe basteln zu dürfen!

Aber als Moritz keine fünf Minuten später mit Krummbiegels Puppe unterm Arm zurückkommt, hat Kalle trotzdem noch genug zu tun. Es ist nämlich gar nicht so leicht, die Puppe so auf dem Rodelschlitten zu befestigen, dass sie auch wirklich sitzen bleibt und nicht immer wieder nach hinten kippt. Erst als Kalle ihr einen Besenstiel unter den Mantel schiebt, klappt es. Und dann müssen wir natürlich noch Rollen an den Schlitten schrauben, damit man ihn besser auf die Bühne ziehen kann. Wozu wir fast noch den ganzen Sonntag brauchen!

Während Moritz schon mal Plakate für die Vorstellung entwirft, testen wir den Weihnachtsmannschlitten auf dem Fußweg vor unserem Haus.

»Hammer!«, erklärt Jasper wieder.

»Sehr gut«, nickt auch Kalle. »Wir stellen den Schlitten jetzt in unseren Bulli, und morgen früh bringe ich euch alles in die Schule, damit ihr möglichst bald mit den Proben anfangen könnt.«

Der Schlitten passt gerade so durch die Schiebetür. Und von draußen sieht es aus, als würde tatsächlich ein Weihnachtsmann hinterm Fenster hocken.

Ziemlich zufrieden gehe ich ins Bett. Und am nächsten Morgen kann ich es kaum erwarten, dass wir endlich losfahren. Aber kaum kommen wir zur Tür raus, trifft uns glatt der Schlag …

Was ist passiert?
Lies morgen weiter.

4. Dezember

Der Weihnachtsmann ist weg! Und nicht nur das, unser Bus ist auch verschwunden! Wir gucken links und rechts die Straße runter, aber es bleibt dabei: Bulli weg. Weihnachtsmann weg. Einfach verschwunden. Als hätten wir nie einen Bulli gehabt. Von dem Weihnachtsmann, an dem wir das halbe Wochenende gebastelt haben, mal ganz zu schweigen …

»Das g… gibt's doch gar nicht«, stottert Kalle irritiert und reißt sich die Pudelmütze vom Kopf, als ob die irgendwas dazukönnte.

In der Nacht hat es ein bisschen geschneit, und man sieht ganz deutlich den Platz, an dem unser Bus gestanden hat.

»Und jetzt ist er weg«, schluchzt Moritz los, »unser schöner Bus ist weg, und unser schöner Weihnachtsmann und unser schöner Rodelschlitten und …«

Jasper und ich sagen vor Schreck erst mal gar nichts. Wir stehen nur da und starren auf den dunklen Fleck, von dem zwei Reifenspuren auf die Straße führen.

Herr Krummbiegel kommt mit einem Besen an, um den Schnee vor seiner Haustür wegzufegen.

Als er uns sieht, winkt er und ruft: »Na, da ist Ihre Frau ja heute schon früh los! Es geschehen noch Zeichen und Wunder, was?!«

Schon klar, er denkt, dass Sabine mit dem Bus unterwegs wäre. Weil Sabine mit ihrem A-cappella-Chor häufig abends irgendwelche Auftritte hat, schläft sie morgens nämlich meistens länger. Was Herr Krummbiegel noch nie so ganz kapiert hat und deshalb auch immer seine Sprüche macht. Normalerweise tun wir dann so, als hätten wir nichts gehört, vor allem Kalle, der Herrn Krummbiegel sowieso für einen neugierigen Spießer hält. Neugierig und ein bisschen lahm in der Birne, hat Kalle mal gesagt.

Aber heute sieht die Sache natürlich anders aus.

»Sie irren sich«, ruft Kalle also zurück, »meine Frau ist im Haus!«

»Na, hätte mich auch gewundert, wenn es anders wäre«, meint Herr Krummbiegel und grinst, als hätte er gerade einen besonders guten Witz gelandet. Aber dann stutzt er plötzlich. Irgendwie scheint ihm langsam zu dämmern, dass dann was nicht ganz stimmen kann.

Er kommt mit seinem Besen auf den Fußweg.

»Wollen Sie etwa sagen, dass …«

Kalle zuckt mit der Schulter und nickt.

»Ist ja ein Ding!«, ruft Herr Krummbiegel empört. »Sind Sie sich sicher?«

Kalle verdreht die Augen und nickt noch mal.

»Und der Weihnachtsmann war auch drin«, schluchzt Moritz wieder los.

»Mein Weihnachtsmann? Den ich euch gestern geliehen habe?«

Wir nicken alle.

»Also das ist ja wohl wirklich die Höhe«, regt sich Herr Krummbiegel auf. »Das kann ja nur eins bedeuten …«

»Geklaut«, wirft Jasper ein.

»Und zwar von Profis«, stellt Herr Krummbiegel fest, während er auch schon in die Hocke geht, um den Fleck im Schnee zu untersuchen. »Sonst wären hier irgendwelche Glassplitter zu sehen! Das heißt, die Täter haben das Fahrzeug entwendet, ohne die Scheibe einzuschlagen …«

Herr Krummbiegel war früher Polizist. Bei der Kripo! Aber ich finde, er übertreibt ein bisschen, als er jetzt die Hand hebt und uns auffordert, alle einen Schritt zurückzutreten.

»Damit keine wichtigen Spuren verwischt werden«, erklärt er. Um gleich darauf hinzuzufügen: »Wir müssen die Kollegen anrufen, und zwar sofort.«

Kalle holt sein Handy aus der Tasche.

»Geben Sie mal her«, sagt Herr Krummbiegel und tippt eine Nummer ein.

25. Mai • 10:00 bis 18:00 U
ungs- und Beratungsbüro • Pi
Telefon: 0 41 22 - 96 17 33
12,95 €
%
Aufzug, KM 366 € + NK, Reth
m², saniert, Bl
Rethfelder
e/n M
e Waren
erlässig
ender
nat
Sniffy & Snutje
- ein klasse Duo!
Wer sich ein Tier aus d
Wem
geklau
der so
der Sok
melden

%
PUMA
%
Kinderwagen
n VW-Bus
worden ist,
sich bei
007110
Fun & Lollipop
rt Wagener Str. 4
25337 Elmshorn
www.discofun.de
lies Night
R ZUTRITT &
REIGETRÄNKE
a 1,- Euro
,- Euro
Mai
SATURDAY NIGHT FEVER
Euro
Auto
lefone
Plane

Auf dem Revier scheinen sie sich noch an ihn erinnern zu können. Und es scheint tatsächlich von Vorteil zu sein, wenn ein ehemaliger Mitarbeiter bei der Polizei anruft und nicht irgendwer. Jedenfalls biegt keine drei Minuten später ein Streifenwagen in unsere Straße ein.

Zwei Polizisten steigen aus, ein Mann mit Schnauzbart und eine blonde Frau.

»Na, Reinhold, mal wieder im Einsatz?«, begrüßen sie Herrn Krummbiegel, ohne uns auch nur zu beachten.

Herr Krummbiegel berichtet kurz, was los ist.

»Eindeutig ein Nullnullsieben-einhundertzehn«, sagt er zum Schluss und reibt sich glücklich die Hände.

Polizeicode, alles klar! Also nicht das Händereiben, sondern die Zahlenfolge. 007–110. Was wahrscheinlich nichts anderes heißt als »geklautes Auto mit Weihnachtsmann«!

»Müssen wir uns merken«, flüstert mir Jasper zu. »Vielleicht können wir das noch mal gebrauchen.«

Der Schnauzbart dreht sich zu uns um und mustert uns der Reihe nach, als würde er ernsthaft überlegen, ob wir vielleicht selber als Täter infrage kämen.

»Und Sie sind sich sicher, dass Sie das Fahrzeug nicht irgendwo anders abgestellt haben?«, fragt seine Kollegin. »In der Garage vielleicht?«

»Es ist ein Campingbus, der passt gar nicht in die Garage«, sagt Kalle genervt.

»Verstehe. Haben Sie mal die Fahrzeugpapiere?«

Kalle holt den Fahrzeugschein aus seiner Brieftasche. Die Polizisten schreiben sich das Kennzeichen auf.

»Irgendwelche Wertsachen, die im Auto waren?«, will die Polizistin noch wissen.

»Ein Weihnachtsmann«, schluchzt Moritz prompt los.

»Was?«, fragt die Polizistin irritiert.

»Und unser Rodelschlitten!«, jammert Moritz.

Kalle versucht, schnell zu erklären, wovon Moritz redet. Bevor die Polizisten uns womöglich noch aufs Revier bringen, damit der Polizeipsychologe mal ein längeres Gespräch mit uns führt.

Was dann aber doch fast noch passiert, weil nämlich gerade Caro aus dem Haus kommt. Und die Situation, ganz gegen ihre sonstige Gewohnheit, ziemlich schnell erfasst, das muss ich zugeben. Zwar leider nicht ganz richtig, aber trotzdem: Respekt! Jedenfalls ist sie mit drei Schritten bei uns und brüllt im nächsten Moment die Polizisten an: »Was soll das? Was machen Sie hier? Lassen Sie sofort meine Leute in Ruhe! Die haben nichts getan!«

Klar, dass die Polizisten das nicht so witzig finden, vor allem weil sich inzwischen auch noch Friedolin durch die offene Tür gemogelt hat und wieder den Rottweiler spielt. Und hinter Friedolin kommt Sabine mit dem schreienden Baby auf dem Arm und…

Jedenfalls brauchen wir ein paar Minuten, bis sich alle wieder beruhigt haben. Und als Caro endlich den iPod-Stöpsel aus ihrem Ohr gefummelt hat, kapiert sie auch, worum es überhaupt geht, und quetscht sogar so was wie eine Entschuldigung aus dem Mundwinkel.

Aber die Polizisten wollen jetzt trotzdem möglichst schnell weg. Als ob sie es plötzlich sehr eilig hätten.

»Wir kümmern uns um den Vorgang«, sagt die Polizistin zu Kalle.

Sie nicken Herrn Krummbiegel zu und Herr Krummbiegel ruft noch mal: »Eindeutig ein Nullnullsieben-einhundertzehn!«, und dann steigen sie in den Streifenwagen.

Aber ich finde, so geht es ja nun nicht. Unter Polizeiarbeit stelle ich mir jedenfalls was anderes vor.

»Moment!«, rufe ich also. »Halt! Warten Sie! Ich will noch was wissen…«

Was will Phillip noch wissen?
Lies morgen weiter.

5. Dezember

Ich stelle mich mit ausgebreiteten Armen vor den Streifenwagen, sodass die Polizisten nicht losfahren können.

»Phillip!«, ruft Sabine entsetzt.

»Spinnst du?«, ruft Jasper.

»Was soll das, Junge?!«, ruft Herr Krummbiegel.

»Ich hab noch eine Frage«, erkläre ich.

Die blonde Polizistin und der Schnauzbart steigen genervt wieder aus. Wobei sie skeptisch zu Friedolin rüberschielen, der auch prompt wieder zu kläffen anfängt.

Der Schnauzbart legt die rechte Hand an die Klappe seiner Revolvertasche.

»Ganz ruhig, Friedolin«, sagt Sabine schnell und packt Friedolin am Halsband.

»Es ist wirklich wichtig«, sage ich zu den Polizisten. »Und es geht auch ganz schnell. Ich habe nur gerade überlegt, also wenn unser Auto wirklich geklaut worden ist, ich meine, wenn das Ganze ein Nullnull-irgendwas war …«

»Nullnullsieben-einhundertzehn«, kommt mir Jasper zu Hilfe.

»Genau, aber wieso dann unser Auto? Also wieso ein VW-Bus und nicht irgendein Auto, das viel teurer ist? Herrn Krummbiegels BMW zum Beispiel!«

»Stimmt, da hast du recht«, nickt mir Kalle zu. »Das würde ich auch gerne wissen.«

»Also so weit kommt es ja wohl noch!«, regt sich im selben Moment Herr Krummbiegel auf, »mein BMW! – Aber ich hab ihn ja in der Garage«, fällt ihm ein, nur um gleich darauf die Stirn zu runzeln und zu seinem Haus hinüberzuwetzen.

Er will eindeutig überprüfen, ob sein BMW wirklich noch in der Garage steht!

»Es war bestimmt nur wegen unserem schönen Weihnachtsmann!«, schluchzt Moritz los. »Die Diebe wollten nur unseren Weihnachtsmann!«

»Ach nee«, sagt Jasper. »Und warum haben sie dann gleich das ganze Auto geklaut?!«

»Weil sie ja nicht wussten, dass der Weihnachtsmann auf unserem alten Rodelschlitten sitzt und sie ihn nur hätten hinter sich herziehen müssen«, jammert Moritz.

»Ich glaube, ich kann das erklären«, mischt sich jetzt die blonde Polizistin ein. Woraufhin der Schnauzbart genervt die Augen verdreht und sich wieder auf den Beifahrersitz plumpsen lässt. Von wo aus er uns argwöhnisch durch die Windschutzscheibe beobachtet.

Aber die Polizistin wird jetzt echt ein bisschen freundlicher. Entweder ist sie froh, dass Herr Krummbiegel nicht mehr ständig seinen Senf zu allem dazugibt, oder wir tun ihr einfach nur leid, wie wir da so alle Mann frierend vor ihr auf der Straße stehen. Morgens um halb acht. Ohne Auto. Ohne Weihnachtsmann. Ohne Rodelschlitten. Jedenfalls gibt sie sich deutlich mehr Mühe als am Anfang. Und lächelt mir sogar kurz zu. Was ich als Zeichen dafür nehme, dass sie mich nach meiner Frage eben schon fast als Kollegen sieht!

»Also, erstens«, sagt sie, »bei den Fahrzeugen, die gestohlen werden, kommen VW-Busse schon an dritter Stelle, gleich nach BMW und Audi …«

»Aber unser Bulli ist nicht mehr neu«, wirft Kalle ein. »Wir haben ihn jetzt schon zwei oder drei Jahre!«

»Das spielt dabei keine Rolle«, sagt die Polizistin. »Sie werden es nicht glauben, aber in den letzten Tagen ist in der Stadt schon mehrfach genau Ihr Modell gestohlen worden, immer VW-Busse …«

»Auch mit Weihnachtsmännern drin?«, fragt Moritz.

»Nein«, lacht die Polizistin und streichelt Moritz kurz über den Kopf. Woraufhin Friedolin prompt zu knurren anfängt. Die Polizistin zieht schnell ihre Hand zurück. »Wir glauben, dass es sich um eine Bande von Autoschiebern handelt«, erklärt sie dann, »und dass die Busse auf Bestellung gestohlen werden. Wahrscheinlich werden sie erst mal irgendwo ge-

POLIZE

sammelt, bekommen dann neue Kennzeichen und werden ins Ausland gebracht. Vielleicht werden sie vorher auch noch umgespritzt. Wir sind gerade dabei, eine Soko einzurichten, die versucht, etwas Licht in die Sache zu bringen.«

»Soko heißt Sonderkommission«, flüstert mir Jasper ehrfürchtig zu.

»Unglaublich«, murmelt Kalle. Wobei er natürlich nicht die Sonderkommission meint, sondern die Tatsache, dass unser Bus wahrscheinlich gleich von einer ganzen Bande geklaut worden ist.

»Was heißt umspritzen?«, will Moritz wissen.

»Mann, dass unser Bus hinterher nicht mehr rot ist, sondern grün«, sagt Jasper. »Oder blau.«

»Und unser Weihnachtsmann? Spritzen sie den dann auch grün oder blau?«

Herr Krummbiegel kommt zurück.

»Mein BMW steht noch da!«, verkündet er freudestrahlend. »Alles paletti! Aber das wäre ja auch ein Ding gewesen, ich darf gar nicht daran denken …«

»Na dann«, sagt die Polizistin und nickt mir zu. »Ich hoffe, deine Frage ist damit beantwortet, und vielleicht kannst du ja jetzt …«

Sie macht eine Handbewegung, dass ich zur Seite gehen soll. Ich stehe ja immer noch genau vor dem Streifenwagen!

»K… Klar«, stottere ich. »Und danke noch mal!«

Die Polizistin steigt ein.

Als sie den Streifenwagen aus der Parklücke lenkt, wirft uns der Schnauzbart noch mal einen Blick zu, der alles andere als freundlich ist. Ich fürchte, er nimmt uns immer noch übel, dass unser Auto geklaut worden ist. Und dass er deshalb jetzt einen Bericht schreiben muss und jede Menge Arbeit hat.

»Ich hoffe nur, dass wir unseren Bus noch mal wiedersehen«, sagt Kalle gerade kopfschüttelnd zu Sabine.

»Und unseren Weihnachtsmann!«, erinnert Moritz und ist schon wieder kurz davor loszuheulen.

»Meinen Weihnachtsmann«, korrigiert Herr Krummbiegel. »Also, wenn ich noch aktiv dabei wäre, wüsste ich schon, wo ich suchen müsste. Und dazu bräuchte ich keine Soko!«

»Sondern?«, fragt Kalle.

Aber Herr Krummbiegel zuckt nur mit der Schulter, als dürfte er nichts weiter sagen. Wobei ich glaube, dass er sich in Wirklichkeit nur wieder wichtig machen will und selbst keine Ahnung hat.

»Ihr müsst los!«, ruft Sabine plötzlich. »Sonst kommt ihr zu spät zur Schule!«

»Kommen wir sowieso«, sagt Jasper. Er dreht sich zu Kalle. »Können wir nicht heute einfach mal zu Hause bleiben? Ich meine, schließlich wird ja nicht jeden Tag unser Auto geklaut und ...«

»Nichts da«, antwortet Kalle nur. »Los, Leute, auf geht's!«

Wir machen uns also auf den Weg. Zu Fuß. Und ohne Weihnachtsmann. Ich hoffe nur, dass die Lehrerin und die anderen mein Stück trotzdem gut finden. Auch wenn der Weihnachtsmann natürlich so was wie das i-Tüpfelchen gewesen wäre. Und Karlotta garantiert beeindruckt gewesen wäre, weil ich diesmal wirklich an alles gedacht habe. Sogar an den Höhepunkt für den Schluss! Aber vielleicht ist sie mir ja wenigstens dankbar, dass sie nicht als Engel durch die Gegend flattern muss. Das wäre doch schon was.

Kurz vor der Schule zieht mich Jasper am Arm.

»He!«, flüstert er. »Ich habe da gerade eine Idee. Wir treffen uns in der großen Pause an der Ecke hinter der Turnhalle, okay?«

Was für eine Idee hat Jasper diesmal?
Lies morgen weiter.

6. Dezember

Jetzt ist schon Nikolaus und wir sind noch keinen Schritt weiter. Unser Bus ist immer noch geklaut, und der Weihnachtsmann genauso. Und die letzten zwei Tage hat Jasper ohne Pause von seiner Idee geschwafelt und uns inzwischen alle halb verrückt damit gemacht. Also jedenfalls mich! Das Blöde ist nämlich, dass seine Idee gar nicht so doof ist. Aber das kann ich ja schlecht zugeben, wenn ich nicht will, dass dann alle denken, Jasper wäre der Einzige in der Familie mit brauchbaren Ideen. Es reicht schon, dass Moritz Jasper keinen Schritt mehr von der Seite weicht und ihn für den Größten hält. Und das alles nur, weil Jasper gesagt hat: »Herr Krummbiegel hat recht. Wir brauchen keine Soko. Wir machen nämlich selber eine!«

Und dann hat Jasper zu allem Überfluss auch noch gefordert, dass wir beide gleichberechtigt wären. Er und ich!

»Das ist nur fair«, hat Moritz prompt erklärt. »Schließlich hatte er auch die Idee!«

Jasper und ich sind also die Leiter der Soko und Moritz ist unser Assistent. Und Caro arbeitet sozusagen »undercover« für uns, nur für den Fall, dass wir mal jemand brauchen, der uns aus irgendeiner brenzligen Situation rausboxt. Was wir ihr aber noch nicht gesagt haben, damit sie sich nicht zu wichtig nimmt.

Kalle und Sabine haben wir auch noch nichts gesagt, weil sie garantiert nur wieder irgendwelche Bedenken hätten. Und weil es in einer echten Soko auf der Suche nach einer Autoknackerbande natürlich kaum etwas für einen Kunstlehrer zu tun gibt. Von einer Sängerin in einem A-cappella-Chor mal ganz zu schweigen!

Aber dafür haben wir Friedolin mit aufgenommen.

»Als Spürhund«, hat Moritz erklärt, »falls wir mal irgendwelche Spuren verfolgen müssen.«

Und dann wollten wir eigentlich gleich mit der Arbeit anfangen. Also einen Plan machen, wie wir am besten vorgehen, um die Autoknackerbande festzunageln. Aber das ist daran gescheitert, dass ich seit Montag keine einzige freie Minute mehr hatte. Und alles nur wegen meiner Lehrerin!

Als sie mich nämlich gefragt hat, warum ich zu spät komme, habe ich ihr natürlich erzählt, dass sie uns das Auto geklaut haben. Und habe allen die Weihnachtsmann-Puppe auf dem Rodelschlitten so genau wie möglich beschrieben. Damit sie eine Ahnung davon kriegen, was ihnen jetzt alles entgeht. Aber statt gehörig beeindruckt zu sein, hat die Lehrerin nur gefragt: »Und das Stück, Phillip? Wo ist das?«

Wahrscheinlich hat sie gedacht, das wäre auch geklaut worden.

»Keine Panik«, habe ich gesagt, »das Stück ist natürlich fertig.«

Ich habe meine Notizzettel rausgeholt und vorgelesen, was ich mir aufgeschrieben hatte.

Der Lehrerin ist glatt die Kinnlade runtergeklappt, so begeistert war sie. Na gut, zugegeben, sie war vielleicht nicht total begeistert, aber als die anderen gebrüllt haben: »Ist ja irre! Das machen wir!«, da hat sie zumindest gesagt: »Na ja, also es ist wenigstens mal eine Idee. Und wenn wir uns alle ein bisschen Mühe geben, könnte vielleicht sogar ein schönes Stück daraus werden.« Oder so was in der Art.

Und dann wollte sie sofort mit den Proben anfangen, weil ja doch noch »jede Menge Arbeit« vor uns liegen würde. Weshalb ich jetzt auch jeden Nachmittag zur Schule muss und genau aufschreiben soll, was die anderen beim »Improvisieren« so vor sich hin plappern.

»Und daraus machen wir dann den endgültigen Text«, hat die Lehrerin erklärt, »den jeder für seine Rolle lernen muss.«

Also wenn die Zwerge alle auf der Bühne stehen und Geschenke basteln, sagt Karlotta vielleicht zu irgendjemand: »Gib mir mal die Nägel!« Das schreibe ich dann auf. Aber wenn

der Irgendjemand antwortet: »Mann, bist du bescheuert? Das sind doch keine Nägel, das sind Schrauben, du Hirni!«, dann schreibe ich das nicht auf, sondern warte, was die Lehrerin dazu sagt. Und hinterher steht auf meinem Zettel: »Willst du nicht lieber die Schrauben nehmen? Ich glaube, Schrauben sind besser. Warte, ich hole dir welche! Wie viele brauchst du denn?«

Irgendwie hatte ich jedenfalls ziemlich schnell das Gefühl, dass das Stück auf diese Weise nicht so richtig in Gang kommt, aber die Lehrerin hat nur erklärt: »Ich mache die Regie und ich möchte nicht jede Kleinigkeit diskutieren. Sonst werden wir nämlich nie fertig!«

Und heute ging es dann um die Texte für Alexander, die er als Oberzwerg sagen soll. Wobei mir Alexanders Improvisation eigentlich ganz gut gefallen hat. Er hat zum Beispiel gleich zu Anfang losgebrüllt: »He, ihr Flaschen, geht das vielleicht auch ein bisschen schneller? Mann, ihr Lahmärsche, dann hätte ich genauso gut gleich alles selber machen können!«

»Stopp! Aus!«, hat ihn die Lehrerin unterbrochen. »Ich glaube, ich fände es besser, wenn du sagst: Hört mal her, Leute, ihr wisst, dass die Zeit knapp ist und wir uns ein bisschen beeilen müssen. Deshalb schlage ich vor, wir klotzen jetzt alle richtig ran und zur Belohnung gebe ich euch dann auch ein Eis aus! – Würdest du das bitte aufschreiben, Phillip?«

Aber ich weiß auch nicht, was plötzlich mit mir los war. Irgendwie konnte ich meine rechte Hand nicht mehr richtig bewegen.

»Ich glaube, ich habe einen Schreibkrampf«, habe ich geflüstert und der Lehrerin meine zitternden Finger gezeigt. »Und außerdem ist mir die ganze Zeit schon so komisch im Bauch«, habe ich schnell noch nachgeschoben. »Vielleicht kriege ich ja die Grippe oder so ...«

»Hoffentlich nicht«, hat die Lehrerin gestöhnt, »das fehlte gerade noch! Denk daran, wir brauchen dich, Philipp!«

Und dann hat sie mich tatsächlich nach Hause geschickt! Wo Jasper und Moritz gerade dabei waren, irgendeinen Plan für die Soko zu machen, von dem ich dann wieder mal keine Ahnung gehabt hätte …

Die beiden hatten ein Schild an die Tür von unserem Zimmer gehängt: RUHE! BITTE NICHT STÖREN! Außerdem waren die Vorhänge zugezogen und die Schreibtischlampe so gedreht, dass sie jeden blendete, der reinkam.

»Was soll das?«, frage ich und kneife die Augen zusammen, um irgendwas erkennen zu können.

Jasper und Moritz hocken auf dem Bett.

»Schön, dass du auch mal vorbeischaust«, sagt Jasper. »Wir hängen nämlich gerade ein bisschen fest.«

»Weil wir nicht genau wissen, womit wir anfangen sollen«, erklärt Moritz. »Was meinst du, sollen wir erst nach Zeugen suchen oder lieber gleich nach Leuten, die sich irgendwie verdächtig benehmen?«

»Weder noch«, sage ich und drehe die Lampe nach unten. »Als Erstes brauchen wir Filzstifte und Papier.«

»Wozu das denn?«, fragt Jasper.

»Keine Diskussion«, erkläre ich nur und komme mir schon vor wie meine Lehrerin. »Vertraut mir einfach …«

Was will Phillip mit Filzstiften und Papier??
Lies morgen weiter.

7. Dezember

Wir arbeiten ohne Pause durch, bis uns Sabine zum Abendessen ruft. Und sogar als Kalle dann den Fernseher einschaltet, um »Cobra 11« zu gucken, verdrücken wir uns wieder in unser Zimmer und machen weiter. Bis Sabine kommt, um nachzusehen, was los ist.

»Stimmt irgendwas nicht?«, fragt sie, »es ist so still bei euch ...«

Im nächsten Moment bleibt ihr glatt der Mund offen stehen. Entgeistert guckt sie auf den Fußboden, wo dicht an dicht die Zettel liegen, die wir fertig haben.

WEM EIN VW-BUS GEKLAUT WORDEN IST, DER SOLL SICH BEI DER SOKO NULLNULLSIEBEN-EINHUNDERTZEHN MELDEN.

Auf jedem Zettel steht das Gleiche, und natürlich noch unsere Telefonnummer. Okay, die Zettel, die Moritz geschrieben hat, sehen vielleicht ein bisschen abenteuerlich aus. Nicht nur weil er jedes Mal »VW-Buz« und »Socko« geschrieben hat, sondern auch wegen der VW-Busse, die er oben drüber gemalt hat und die eher an irgendwelche Raumschiffe von Außerirdischen erinnern.

»Die Zettel hängen wir in der ganzen Stadt auf«, erklärt Moritz stolz, »und wenn die Leute sich dann hier melden, kriegen wir vielleicht ein Muster raus!«

»Ah ja«, sagt Sabine und klingt eher so, als würde sie gar nichts kapieren.

»Wenn wir die Adressen von den Leuten haben«, erkläre ich deshalb, »nehmen wir uns einen Stadtplan und markieren die Straßen, wo sie wohnen.«

»Und dann überlegen wir, was es in der Nähe für Verstecke geben könnte, wo die Bande die geklauten Autos hinbringt«, ergänzt Jasper. »Und die Verstecke überwachen wir natürlich!«

»Nicht dumm«, mischt sich Kalle ein, der gerade mit dem

Baby auf dem Arm hinter Sabine auftaucht. »So ähnlich haben sie es eben bei Cobra 11 auch gemacht. Nur dass Semir und Tom dann bei der Verfolgungsjagd aus Versehen den Autotransporter mit den geklauten Autos von der Straße abgedrängt haben und alle Autos in Flammen aufgegangen sind.«

»Das heißt, wir müssen also schneller sein als die Polizei«, stellt Jasper fest.

»Unbedingt«, nickt Kalle. »Ich bitte darum.«

Wobei ich den Eindruck habe, dass Kalle unseren Plan nicht so ganz ernst nimmt. Aber er wird sich schon noch wundern, wenn wir erst mal das Versteck mit den geklauten Autos gefunden haben …

Am liebsten würden wir unsere Zettel ja noch am gleichen Abend aufhängen, aber Kalle und Sabine sind unerbittlich und schicken uns ins Bett.

»Ärgerlich«, schimpft Jasper vor sich hin, nachdem Sabine das Licht ausgemacht hat. »Wirklich sehr ärgerlich! Ich könnte nämlich wetten, dass bei der Polizei keiner ins Bett muss. Die arbeiten da rund um die Uhr, und wenn wir Pech haben, sind sie deshalb schneller als wir!«

»Und dann geht unser Bus in Flammen auf und von unserem schönen Weihnachtsmann bleibt nichts weiter übrig als ein paar angekokelte Reste«, jammert Moritz.

»Genau«, kommt es von Jasper, »vor allem weil er ja auf dem Rodelschlitten sitzt, und der ist aus Holz und brennt deshalb besonders gut!«

»Echt?«, schluchzt Moritz.

»Echt«, bestätigt Jasper.

»Hört mal auf, Leute, ihr nervt!«, sage ich. »Wir müssen jetzt ganz cool bleiben. Unser Plan ist gut und genauso machen wir es. Gleich morgen. Aber jetzt lasst mich schlafen!«

Nur dass ich dann nicht schlafen kann. In meinem Kopf jagen sich die Gedanken. Klar ist unser Plan nicht schlecht, aber ich fürchte wirklich, die Zeit rennt uns davon. Ich muss mir unbedingt noch irgendwas einfallen lassen, damit ich

chen Sie uns auf
25. Mai • 10:00 bis 18:00 U
ungs- und Beratungsbüro • Pin
Telefon: 0 41 22 - 96 17 33
12,95 €
%
Wem
geklau
der so
der Sch
melden
Aufzug, KM 366 € + NK, Reth
m², saniert, Bl
Rethfelder
e/n Mi
au
e Waren
erlässig
ender
nat
Ka
Sniffy & Snutje
- ein klasse Duo!
Wer sich ein Tier aus d
Tierheim h

PUMA
%
%
Kinderwagen
n VW-Bus
worden ist,
sich bei
007110
Fun & Lollipop
rt Wagener Str. 4
25337 Elmshorn
www.discofun.de
lies Night
R ZUTRITT &
REIGETRÄNKE
a 1,- Euro
,- Euro
Mai
SATURDAY NIGHT FEVER
Euro
auto
fone

nicht mehr jeden Nachmittag mit Theaterproben verplempere. Denn schließlich hängt ja das ganze Stück davon ab, dass wir unseren Bus wiederfinden! Weil unsere Weihnachtsmann-Puppe nun mal der Höhepunkt ist. Und so, wie sie das Stück gerade proben, die Zuschauer ohne Höhepunkt glatt bis Ostern durchschlafen werden …

Die Scheinwerfer eines Autos huschen über die Zimmerdecke. Gleich darauf höre ich einen Motor. Unten auf der Straße hält ein Auto! Eine Tür schlägt zu. Dann ist wieder Stille. Ich überlege, ob es sein kann, dass Krummbiegels um diese Zeit noch Besuch kriegen. Und wenn ja, von wem? Oder ob Herr Krummbiegel vielleicht selber unterwegs war, um die Autoknackerbande zu jagen. Vielleicht war er ja auch mit der Polizei unterwegs, überlege ich, und die haben ihn jetzt wieder nach Hause gebracht …

Und dann muss ich doch eingeschlafen sein. Als Sabine uns am nächsten Morgen weckt, weiß ich nur noch, dass ich geträumt habe, wie Herr Krummbiegel mit seinem BMW auf der Autobahn hinter unserem Bus hergejagt ist. Zusammen mit Semir und Tom. Als sie direkt neben dem Bus waren, ist Herr Krummbiegel aus dem Schiebedach geklettert und rübergesprungen. Er hat den Fahrer k.o. gehauen und wollte sich gerade um den Beifahrer kümmern, als plötzlich der Weihnachtsmann von hinten kam und mitgemischt hat. Geendet hat es damit, dass Herr Krummbiegel und der Weihnachtsmann dann auf dem Schlitten hinter Semir und Tom her waren. Bis Semir mit dem BMW unter einen Tanklastzug gerast ist und alles in die Luft geflogen ist.

Ich gucke schnell aus dem Fenster. Es schneit! Und unter der Straßenlaterne steht Herr Krummbiegel und fegt den Fußweg. Semir und Tom sind nirgends zu sehen. Was ich irgendwie beruhigend finde. Beides. Sowohl die Tatsache, dass Herr Krummbiegel offensichtlich noch am Leben ist, als auch dass Semir und Tom nicht da sind. Aber ich ärgere mich jetzt doch, dass ich nachts nicht aufgestanden bin, um zu sehen, was für ein Auto da gekommen war.

»Mann, pennst du noch, oder was?« Jasper boxt mich in die Seite. »Hilf uns lieber mal!«

Wir suchen die Zettel vom Boden zusammen und schieben sie in meinen Rucksack.

Moritz guckt, ob die Luft sauber ist, und verschwindet in Kalles Arbeitszimmer, um die Rolle mit dem Tesafilm zu holen.

Beim Frühstück ermahnt uns Kalle noch mal, dass wir bloß nicht auf die Idee kommen sollen, die Schule zu schwänzen.

»Ihr könnt eure Zettel aufhängen«, sagt er, »aber erst nach der Schule, ist das klar?«

Wir nicken. Manchmal scheint Kalle echt Gedanken lesen zu können!

Auf dem Weg zur Schule machen wir noch schnell eine Schneeballschlacht.

»So viel Zeit muss sein«, grinst Jasper und feuert mir den ersten Ball direkt unter die Kapuze. Was ich natürlich nicht auf mir sitzen lassen kann! Aber Jasper ist echt schnell und duckt sich jedes Mal. Ich erwische ihn erst, als ich nach oben zeige und entsetzt rufe: »Mann, was ist das denn? Pass auf!«

Obwohl da natürlich gar nichts war, aber Jasper fällt trotzdem darauf rein.

Eine Viertelstunde später kommen wir über den Pausenhof auf die Schultür zu. Wo Karlotta steht und zu mir sagt: »Gut, dass du da bist. Ich muss mit dir reden!«

Was will Karlotta von Phillip?

Lies morgen weiter.

8. Dezember

Wie geht es deiner Hand?«, will Karlotta wissen.

»Gut«, sage ich, ohne zu überlegen. Als ich meinen Fehler bemerke, setze ich schnell hinzu: »Also, tut natürlich noch weh und zittert auch noch, hier, guck!«

Ich halte ihr meine zitternde Hand vors Gesicht.

»Und wieso dann gut?«, fragt Karlotta.

»Na ja«, stammele ich, »ist noch dran, meine ich …«

»Ach so«, sagt Karlotta. »Aber schreiben kannst du damit noch nicht wieder, oder?«

»Auf keinen Fall! Völlig unmöglich.«

»Gut«, meint Karlotta und nickt.

»Was?«, frage ich verblüfft.

»Na ja, irgendwie mussten wir ja gestern weiterkommen«, windet sich Karlotta, als wollte sie mir irgendwas Wichtiges mitteilen, was ich vielleicht nicht so gerne hören würde. »Und, weißt du, ehrlich gesagt habe ich auch gar keine Lust, so einen hämmernden Zwerg zu spielen. Klar, das ist immer noch besser als ein Engel, aber trotzdem …«

»Und?«

»Und als die Lehrerin gefragt hat, wer für dich den Text aufschreiben will, na ja, da habe ich mich gemeldet!«

So langsam dämmert mir, worauf sie rauswill.

»Also, du willst mir sagen, dass du jetzt die Sätze aufschreibst, die die anderen lernen sollen?«

»Genau«, strahlt mich Karlotta an, »ich bin jetzt nämlich die Regieassistentin! Und weil deine Hand ja noch nicht wieder funktioniert, dachte ich …«

»Dass du das auch weitermachen kannst?«

Karlotta nickt.

Das ist die Lösung, denke ich. Ich brauche nicht mehr jeden Nachmittag zu den Proben und habe Zeit, um die Autodiebe zu jagen. Aber ich muss es vorsichtig angehen, damit Karlotta nichts merkt …

»Ist mir natürlich nicht so recht«, sage ich also.

»Ach, bitte, ja?«, flötet Karlotta. »Du hast auch was gut bei mir!«

»Na ja, stimmt schon, im Moment geht mit meiner Hand ja wirklich nichts. Und es kann auch gut sein, dass ich die Grippe kriege ...«

»Danke«, haucht Karlotta. Sie beugt sich vor und – gibt mir einen Kuss auf die Wange. »Du bist echt in Ordnung. Und dein Stück wird ganz toll, glaub mir!«

Wir besprechen kurz, dass sie mich bei den Proben entschuldigen soll. Dann gongt es und wir haben Englisch. Aber ich bin irgendwie nicht so ganz bei der Sache. Und spätestens als ich den Lehrer frage, was eigentlich »Autodieb« auf Englisch heißt, wird klar, dass mit mir nicht allzu viel anzufangen ist.

In Mathe ist es kaum besser. Egal was ich rechne, es kommen immer nur sechsstellige Zahlen dabei raus. So was wie 007110.

Jedenfalls bin ich echt froh, dass wir die letzten beiden Stunden Sport haben und Sitzfußball spielen. Wo ich nichts weiter machen muss, als mit meinem Hintern ein bisschen den Hallenboden zu polieren, und ansonsten schon mal in aller Ruhe planen kann, wo genau wir nachher die Zettel aufhängen.

Jasper und Moritz warten schon auf mich, als ich aus dem Umkleideraum komme.

»Passt auf, Leute«, sage ich. »Es macht keinen Sinn, wenn wir die Zettel an irgendwelche Laternenpfähle hängen. Bei dem Wetter hält der Tesafilm sowieso nicht.«

»Habe ich auch schon überlegt«, nickt Jasper. »Aber in allen Supermärkten gibt es solche Pinnbretter, wo man was hinhängen kann!«

»Genau das war meine Idee«, sage ich.

Manchmal nervt Jasper. Und ich fürchte, ich muss echt aufpassen, dass er nicht glaubt, es ginge auch ohne mich.

25. Mai • 10:00 bis 18:00
Telefon: 0 41 22 - 96 17 33
12,95 €
%
KM 366 € + NK
m², saniert
Rethfelder
Sniffy & Snutje
- ein klasse Duo!
Wer sich ein Tier aus
Wem

PUMA
Kinderwagen
n VW-Bus
worden ist,
sich bei
007110
Fun & Lollipop
rt Wagener Str. 4
25337 Elmshorn
www.discofun.de
lies Night
R ZUTRITT &
REIGETRÄNKE
a 1,- Euro
,- Euro
Mai
SATURDAY NIGHT FEVER
Euro
Auto
zfone
Plane

»Das ist gut«, kräht Moritz los, »und dann hängen wir einfach alle anderen Zettel ab, damit jeder gleich unseren sieht!«

Moritz nervt auch.

Und ich bin fast froh, dass wir gleich im ersten Supermarkt Ärger kriegen, als wir die Angebote für »Professionelle Treppenhaus-Reinigung vom Fachmann«, »Deutsch-Nachhilfe von pensioniertem Lateinlehrer« und »Junge Kätzchen für null Geld« gerade im Abfallkorb verschwinden lassen wollen.

»Was wird das denn, meine Herren?«, blafft uns ein Typ im Kittel an. Wahrscheinlich der Filialleiter.

»Deine Schuld«, zische ich Moritz zu. »Bescheuerte Idee, die anderen Zettel abzunehmen. Jetzt haben wir den Salat!«

»Du hättest ja was sagen können«, beschwert sich Moritz. »Hinterher kann jeder behaupten, er hätte es besser gewusst. Das gilt nicht!«

Aber wir kommen noch mal mit einem blauen Auge davon. Wir müssen nur die anderen Zettel wieder aufhängen, und dann will der Filialleiter allerdings unseren erst mal sehen, um ihn sich durchzulesen …

»Ich will hier nämlich nicht irgendwelchen Blödsinn hängen haben!«, erklärt er.

»Ist kein Blödsinn«, sagt Jasper empört. »Ist sogar offiziell! Sehen Sie ja, da unten steht es: Soko. Das heißt Sonderkommission. Und das sind nämlich wir!«

Nur leider hält er dem Filialleiter dabei einen von den Zetteln hin, die Moritz gemacht hat. Und es steht also nicht nur »Socko« unten drunter, sondern der Filialleiter braucht eine ganze Weile, bis er sich zwischen Moritz' VW-Bus-Raumschiffen zurechtfindet.

Aber dann wird er doch noch ganz freundlich. Er erzählt sogar, dass er früher auch mal einen VW-Bus hatte.

»Aber den hätten sie mir ruhig klauen können«, sagt er. »Der war so durchgerostet, damit wären die Autodiebe noch nicht mal um die nächste Ecke gekommen!«

»Unserer ist nicht durchgerostet«, regt sich Moritz auf, »unserer ist voll in Ordnung. Und einen Weihnachtsmann hatten wir auch noch drin, und außerdem unseren Rodelschlitten und …«

»Ist schon okay«, sagt der Filialleiter schnell, »hängt den Zettel ruhig auf. Ich wünsche euch viel Glück mit eurer Socko!«

Haha, sehr witzig!

In den nächsten beiden Supermärkten kriegen wir keinen Ärger. Was wahrscheinlich damit zu tun hat, dass wir auch keine anderen Zettel mehr abnehmen. Aber dafür hängen wir unseren immer genau in die Mitte, egal ob dann noch irgendjemand sehen kann, wer kleine Katzen zu verschenken hat oder das Treppenhaus sauber macht. Hinterher, wenn die Katzen alles vollgemacht haben.

Wir überlegen gerade, wo es noch einen Supermarkt gibt. Oder ob wir uns trauen sollen, im Friseurladen gleich gegenüber zu fragen, ob wir einen Zettel an die Tür hängen dürfen.

»Nee«, sagt Jasper. »Da gehe ich nicht rein.« Seine Stimme klingt ein bisschen panisch.

Ich glaube, es hat was damit zu tun, dass der letzte Friseur, bei dem Jasper war, ihm einfach sein albernes Zöpfchen hinten im Nacken abgesäbelt hat! Und das Zöpfchen war Jaspers ganzer Stolz …

»Ich geh da auch nicht rein«, erklärt Moritz. »Friseure sind doof!«

»Okay, dann eben nicht«, sage ich. Weil ich nicht einsehe, dass die fiesen Jobs immer an mir hängen bleiben.

Aber plötzlich spüre ich eine Hand auf meiner Schulter. Eine schwere Hand, die fest zudrückt, sodass ich vor Schreck zusammenzucke …

Wer legt Phillip die Hand auf die Schulter?
Lies morgen weiter.

9. Dezember

Als ich mich umdrehe, steht der Schnauzbart hinter mir. Ich brauche einen Moment, bis ich ihn erkenne, aber er ist es! Nur dass er heute keine Uniform anhat, sondern eine Hose mit Tarnflecken und einen schwarzen Kapuzenpulli.

»He, Sie sind doch der Polizist von neulich!«, ruft Jasper neben mir verblüfft. »Und, haben Sie etwa unser Auto gefunden?«

»Was machen Sie da überhaupt mit unserem Zettel?«, beschwert sich Moritz im gleichen Moment. »Das ist unserer, den haben wir eben gerade erst aufgehängt!«

Stimmt, der Schnauzbart hat unseren Zettel in der Hand!

»Mitkommen«, fordert er uns jetzt auf, ohne auch nur »Hallo« oder so was zu sagen. »Ich muss mit euch reden …«

Er schiebt uns in Richtung Parkplatz. Im Halteverbot an der Einfahrt parkt ein schwarzer VW-Bus. Allerdings eine ziemlich alte Gurke, mit jeder Menge Beulen und Schrammen. Die hinteren Scheiben sind mit dunkler Folie zugeklebt.

Der Schnauzbart reißt die Schiebetür auf.

»Einsteigen!«, kommandiert er.

»Nee«, sagt Jasper und schüttelt den Kopf. »Ich steig doch nicht in irgendwelche fremden Autos!«

»Ich auch nicht«, erklärt Moritz. »Und außerdem will ich unseren Zettel wiederhaben!«

»Worum geht es überhaupt?«, frage ich. »Haben Sie unseren Bus oder nicht?«

»Also nicht«, stellt Jasper fest, als der Schnauzbart keine Antwort gibt.

»So schnell sind wir nicht«, kommt plötzlich eine lachende Stimme vom Fahrersitz. Ein Kopf mit langen blonden Locken beugt sich über die Lehne. »Na, das ist ja eine Überraschung! Was macht ihr denn hier?«

Die Polizistin! Auch sie hat einen schwarzen Kapuzenpulli

an. Und wahrscheinlich eine Hose mit Tarnflecken. Die Sache ist klar, die beiden sind undercover unterwegs! Obwohl ich mir nicht so ganz sicher bin, ob ihre Verkleidung wirklich so gelungen ist. Vor allem weil sie auch noch mitten im Halteverbot parken!

»Hier!«, sagt jetzt der Schnauzbart und hält seiner Kollegin unseren Zettel hin. »Habe ich gerade entdeckt, als ich die Brötchen holen wollte. Hing am Pinnbrett.«

Die blonde Polizistin liest. Dann lacht sie wieder und sagt: »Da haben wir also Konkurrenz bekommen! Und, habt ihr schon irgendwelche Spuren?«

Wir schütteln die Köpfe.

»Aber wir fangen auch gerade erst an«, sage ich, damit sie keinen allzu schlechten Eindruck von uns bekommt.

»Das ist nicht witzig«, mischt sich der Schnauzbart wieder ein. Und als die blonde Polizistin irgendwas sagen will, hebt er abwehrend die Hand und blafft uns an: »So geht das nicht! Ihr haltet euch da mal schön raus, kapiert? Das ist Sache der Polizei und wir kommen ganz gut ohne euch klar. Also kommt uns gefälligst nicht in die Quere. Und euch Soko zu nennen, ist nun wirklich der Gipfel der Unverschämtheit«, setzt er empört hinzu, »dafür könnten wir euch glatt wegen Amtsanmaßung drankriegen!«

»Nun mach aber mal halblang«, unterbricht ihn die Polizistin. Dann wendet sie sich an uns: »Was mein Kollege sagen will, ist, dass es einfach zu gefährlich werden kann, wenn ihr da auf eigene Faust etwas unternehmt. Also lasst uns die Arbeit machen und …«

»Aber wir könnten doch zum Beispiel Informationen austauschen«, schlägt Jasper vor. »Sie sagen uns, was Sie wissen, und wir geben Ihnen den einen oder anderen Tipp. Oder wenn Sie nicht genug Leute haben, um irgendwelche verdächtigen Subjekte zu überwachen, dann könnten wir doch gut mal einspringen …«

»Wir haben auch einen Hund«, erklärt Moritz ganz ernst.

POLIZE

»Aber den kennen Sie ja schon und wissen, wie gefährlich der werden kann!«

»Ich weiß«, sagt die blonde Polizistin und hat eindeutig Mühe, sich das Lachen zu verkneifen. »Aber trotzdem, tut mir den Gefallen und haltet euch da raus, ja?«

Sie schaut mich an.

Ich nicke.

»Ich wusste, dass ihr vernünftig seid«, sagt sie.

»Sonst hätten wir auch nachgeholfen«, erklärt der Schnauzbart. Er knüllt unseren Zettel zusammen, holt aus und wirft ihn zum nächsten Papierkorb. Das Knäuel landet ungefähr zwei Meter daneben.

Der Schnauzbart hievt sich auf den Beifahrersitz. Die Polizistin winkt uns noch mal zu, dann knattern sie in einer blauen Auspuffwolke davon.

»Nicht mal richtig werfen können sie!«, regt sich Jasper auf. Er bückt sich und streicht den Zettel wieder glatt.

»Und seine Brötchen zu holen, hat er auch vergessen«, stellt Moritz fest. »Echt ganz schön blöd!«

Jasper nickt. »Wer hängt den Zettel wieder hin?«, fragt er dann.

»Gib her«, sage ich und gehe zurück in den Supermarkt. Ohne groß darüber reden zu müssen, ist für uns alle klar, dass wir natürlich nicht aufgeben.

»Vor allem weil sie keinen blassen Schimmer haben«, schimpft Jasper, als wir uns dann für heute auf den Weg nach Hause machen. Nur für den Fall, dass die Polizisten uns vielleicht beobachten. »Die tappen voll im Dunkeln! Mann, Leute, wenn wir nichts unternehmen, sehen wir unseren Bus doch nie wieder!«

»Das sehe ich auch so«, erklärt Moritz. »Glaubt ihr eigentlich, die Tarnhosen hatten sie an, weil sie denken, dass man sie damit nicht sieht?« Er fängt an zu kichern. »Mann, so blöd muss man erst mal sein! Aber die blonde Polizistin ist trotzdem ganz nett«, plappert er weiter, »ich kapier nur nicht, warum sie immer nur Phillip anguckt, wenn sie mit uns redet …«

»Tut sie das?«, frage ich.

»Tut sie«, nickt Jasper.

»Als würde sie mit dir flöten oder so«, kichert Moritz.

»Was?«

»Er meint flirten«, erklärt Jasper und grinst.

Ich merke, wie ich rot werde.

»Na ja«, sage ich und versuche, möglichst gelangweilt zu tun, »vielleicht denkt sie einfach, dass ich der Einzige von uns bin, mit dem man wenigstens halbwegs vernünftig reden kann. Wie unter Kollegen oder so.«

»Klar«, meint Jasper. »Wie unter Kollegen! Am besten klebst du dir demnächst noch einen Schnurrbart an …«

»Und kaufst dir eine Tarnhose!«, kichert Moritz.

Meine Brüder nerven. Beide!

Ich versuche, schnell das Thema zu wechseln.

»Ihr wisst, dass wir jetzt doppelt aufpassen müssen?«, frage ich. »Einmal vor den Autoknackern und dann auch noch vor der Polizei!«

»Wieso?«, fragt Jasper. »Ich denke, das sind jetzt deine Kollegen!«

Wieder kichern beide. Und kichern immer noch, als wir zu Hause zur Tür reinkommen. Wo uns Kalle mit den Worten empfängt: »Da hat gerade jemand für euch angerufen. Ich bin nicht ganz schlau daraus geworden, aber ich glaube, es ging um irgendeine Socko, sagt euch das was?«

Wer hat bei Phillip zu Hause angerufen?
Lies morgen weiter.

10. Dezember

Kalle hat die Telefonnummer des Anrufers aufgeschrieben.

»Es hat wahrscheinlich was mit unseren Zetteln zu tun«, sagt Jasper. »Bestimmt ist es jemand, dem sie auch den Bus geklaut haben. Los, rufen wir ihn an!«

»Aber was sollte das mit dieser Socko?«, fragt Kalle noch mal.

»Soko«, korrigiert Jasper. »Du weißt schon, Sonderkommission. Polizeisprache! Aber wenn man noch nicht so gut in Deutsch ist, wird aus Soko eben Socko …«

»Haha«, macht Moritz beleidigt.

Ich tippe die Nummer.

Schon beim ersten Klingeln meldet sich jemand, dessen Namen ich nicht verstehe.

»Hier ist die Soko wegen der geklauten Busse«, sage ich. »Haben Sie irgendeine Information für uns?«

»Ist mein Ford Transit«, brüllt die Stimme zurück. »Ist geklaut. Nicht gut! Brauche ich Ford Transit für Arbeit.«

Für einen Moment bin ich ein bisschen verunsichert.

»Äh … also Ihr Ford Transit ist geklaut?«, frage ich noch mal nach. »Kein VW-Bus?«

»Kannst du für mich holen?«, fragt die Stimme, als hätte sie mich nicht richtig verstanden.

»Nein, also ich meine, es geht eigentlich nur um VW-Busse, wissen Sie …«

»Ja, ist Bus. Ford-Transit-Bus! Brauche ich zurück.«

»Tut mir leid«, sage ich, »aber da kann ich Ihnen leider nicht helfen. Am besten rufen Sie bei der Polizei an.«

»Aber ist Socko am Telefon, oder?«

»Jaja, aber andere Soko. Wir sind nur für VW-Busse zuständig, also tschüss!«

Ich lege schnell auf, bevor der Typ noch weiterquatschen kann.

Die anderen starren mich neugierig an.

»Wer war das denn?«, will Jasper wissen.

»Irgendein Ausländer, dem sie seinen Ford Transit geklaut haben.«

»Bingo!«, brüllt Jasper los. »Volltreffer, Leute, das ist es!«

»Was?«, fragen wir alle entgeistert.

»Mann, überlegt doch mal! Die blonde Polizistin hat doch neulich gesagt, die geklauten Autos würden ins Ausland verschoben, wisst ihr noch? Und jetzt ruft ein Ausländer bei uns an, also …!«

»Also was?«, frage ich.

»Zählt doch mal eins und eins zusammen«, erklärt Jasper ungeduldig, »die Sache ist doch klar: Der Typ von eben gehört natürlich zu der Bande! Wahrscheinlich haben sie unseren Zettel gesehen und wollen jetzt rauskriegen, was wir wirklich wissen.« Bevor noch jemand antworten kann, dreht er sich zu mir: »Das hast du gut gemacht, dass du gleich wieder aufgelegt hast. Jetzt denken sie garantiert, wir hätten keine Ahnung. Dabei sind wir ihnen dicht auf den Fersen, Leute!«

»Jetzt beruhig dich mal wieder«, bremst ihn Kalle. »Ich glaube, da liegst du nun doch ein bisschen daneben.«

»Glaube ich auch«, sage ich. »Klingt nicht sehr überzeugend. Ich meine, dann hätte der Typ doch nicht erst irgendeine Geschichte über seinen blöden Ford erfinden müssen! Dann wäre es doch viel schlauer gewesen, wenn er gleich behauptet hätte, sein VW-Bus wäre weg …«

»Genau«, nickt Moritz. »Und außerdem war das auch voll fies, was du eben gesagt hast.«

»Hä?«, macht Jasper.

»Voll fies«, wiederholt Moritz. »Du hast nämlich gesagt, dass er ein Ausländer ist und Autos klaut, aber das sagt man nicht. Weil nämlich einer, der Ausländer ist, deshalb noch lange keine Autos klaut, und …«

»Das habe ich doch überhaupt nicht gesagt!«, verteidigt sich Jasper.

chen Sie uns auf
25. Mai • 10:00 bis 18:00
ungs- und Beratungsbüro • Pi
Telefon: 0 41 22 - 96 17 33
12,95 €
%
Wem
geklau
der
der
melden
ufzug, KM 366 € + NK, Reth
m², saniert, Bl
Rethfelder
e/n
e Waren
erlässig
ender
nat
Sniffy & Snutje
- ein klasse Duo!
Wer sich ein Tier aus d
Tierheim h

%
PUMA
%
Kinderwagen
n VW-Bus
worden ist,
sich bei
007110
Fun & Lollipop
rt Wagener Str. 4
25337 Elmshorn
www.discofun.de
lies Night
R ZUTRITT &
REIGETRÄNKE
a 1,- Euro
,- Euro
Mai
SATURDAY NIGHT FEVER
Euro
Plane

»Doch, hast du!«, beharrt Moritz. »Und dann wäre unser Freund Tassilo ja auch ein Autoklauer und …«

»Karlotta auch«, unterstütze ich ihn. »Karlotta kommt nämlich aus Kroatien. Und Sabine ist eigentlich aus Österreich, denk daran!«

»Da hörst du es!«, ruft Moritz, »wenn es nach dir ginge, wäre sogar unsere eigene Mutter ein Autodieb!«

Ich grinse Jasper an. Geschieht ihm ganz recht, dass er endlich mal Widerspruch kriegt, denke ich. Und zwar nicht nur von mir, sondern von allen!

Aber Jasper guckt nur böse zurück.

»Ich weiß, was ich weiß«, murrt er böse vor sich hin.

Er dreht sich um und will gerade die Treppe hoch nach oben verschwinden, da klingelt das Telefon.

Kalle runzelt die Augenbrauen und greift nach dem Hörer.

»Ja, bitte?«, meldet er sich.

»Hier ist die Soko, musst du sagen«, flüstert Jasper aufgeregt und kommt die Treppe wieder runter. »Soko Nullnull-sieben-einhundertzehn! Und wenn es einer ist, dem sie den Bulli geklaut haben, dann schreib dir unbedingt die Adresse auf und …«

Kalle winkt mit der Hand, dass Jasper still sein soll. Er hört eine Weile zu, ohne ein Wort zu sagen. Aber die Falte zwischen seinen Augen wird immer tiefer, bis sie fast schon aussieht wie eine Kerbe. Dann wird Kalle plötzlich ganz bleich. Und im nächsten Moment knallrot!

»Nichts da!«, brüllt er jetzt in den Hörer. »Das lassen Sie mal schön bleiben! – Nein, dazu sind wir nicht verpflichtet und ich gebe Ihnen auch nicht unsere Adresse! Auf keinen Fall! Wir wollen nämlich auch gar keine kleinen Katzen, wir … wir haben nämlich einen Hund! Da, hören Sie …!«

Kalle bückt sich zu Friedolin, der wie üblich neben der Haustür liegt und pennt. Er hält den Hörer ganz dicht vor Friedolins Schnauze und stößt ihn mit dem Fuß an.

Friedolin macht nur kurz die Augen auf und gähnt. Dann pennt er einfach weiter.

Woraufhin sich Kalle den Hörer vors Gesicht hält und selber bellt! Was ungefähr klingt wie eine Hyäne mit Keuchhusten …

Dann legt er den Hörer auf und tippt sich an die Stirn.

»Das gibt's doch überhaupt nicht«, regt er sich auf. »Da hat jemand behauptet, dass ihr euren Zettel über seinen gehängt hättet, und er deswegen seine Katzen nicht losgeworden wäre! Und jetzt wollte er sie uns vorbeibringen, weil wir Schuld hätten! – Stimmt das, mit eurem Zettel?«, fragt er dann. »Das könnt ihr doch nicht machen, Leute, überlegt doch mal ein bisschen, bevor ihr …«

»Das war ja nur wegen dem blöden Filialleiter«, versucht uns Moritz zu verteidigen. »Wenn der uns nicht gezwungen hätte, die komischen Zettel wieder hinzuhängen, wäre alles gut gewesen. Aber so mussten wir uns was anderes einfallen lassen. Du hast ja keine Ahnung, was da an diesen Pinnwänden für ein Chaos herrscht! Da sieht keiner, was wichtig ist und was nicht! Und deshalb …«

»Moment mal«, unterbricht ihn Kalle. »Was ist das denn nun schon wieder für eine Geschichte? Von was für einem Filialleiter redest du da?«

Kalle blickt eindeutig nicht mehr durch.

Aber bevor er noch weiterfragen kann, klingelt schon wieder das Telefon.

»Hoffentlich nicht der, der die Treppenhäuser sauber macht«, stöhne ich.

»Quatsch!«, sagt Jasper und tippt sich an die Stirn. »Diesmal ist es einer, dem sie den VW-Bus geklaut haben, wetten?«

Kalle greift zum Hörer …

Wer ruft diesmal an?
Lies morgen weiter.

11. Dezember

Es war nicht der Typ von der Treppenhausreinigung. Es war auch nicht noch mal der mit den Katzen. Leider war es aber auch keiner, dem sie einen VW-Bus geklaut haben. Sondern meine Lehrerin! Die aber gar nichts von mir wollte, sondern von Kalle!

Und als Kalle den Hörer wiederaufgelegt hat, war er kreidebleich und hat ein bisschen gezittert.

»Was ist los?«, haben wir gefragt. »Was hat sie gewollt?«

Kalle hat sich gebückt und den Stecker aus der Telefondose gezogen.

»Spinnst du?«, hat Moritz empört gerufen, »und wenn uns jetzt einer sprechen will?«

»Dann soll er morgen noch mal anrufen«, hat Kalle gesagt. »Aber für heute verkrafte ich keine weiteren Gespräche mehr!«

Und dann hat er endlich erzählt, was die Lehrerin von ihm wollte.

»Ich soll das Bühnenbild für Phillips Stück entwerfen«, hat er gestöhnt. »Sie meinte, das würde doch gut passen, wenn der Sohn das Stück geschrieben hat und der Vater das Bühnenbild dazu macht! Weil ich ja Kunstlehrer wäre …«

»Du hättest doch sagen können, dass ich gar nicht dein richtiger Sohn bin«, habe ich gemeint.

»Genau«, hat Moritz genickt, »oder dass du gar nicht sein richtiger Vater bist.«

Aber Kalle hat überhaupt nicht hingehört. Er hat die ganze Zeit nur den Kopf geschüttelt und entsetzt geflüstert: »Und die Kostüme soll ich mir auch noch ausdenken! Ich! Zwergenkostüme …«

»Ich verstehe nicht, warum du nicht einfach Nein gesagt hast«, meldet sich Jasper zu Wort. »Du hättest doch nur sagen müssen, dass du keine Zeit hast. Oder keine Ahnung von Kostümen oder so …«

»Erstens«, erklärt Kalle, »ist sie ja eine Kollegin. Und unter Kollegen hilft man sich. Aber ich hätte es trotzdem nicht gemacht, wenn sie nicht plötzlich von Phillips Deutschzensur angefangen hätte. – Was ist übrigens mit deiner Hand?«, hat er dann gefragt und mich angeguckt, »und wieso hast du Grippe? Du hast doch gar keine Grippe!«

»Stimmt schon«, habe ich gesagt, »aber …«

»Und wieso bist du dann nicht zu den Proben gegangen?«

»Wegen unserer Soko, ist doch klar!«, hat Jasper gerufen. »Wenn Phillip jeden Nachmittag da rumhängen muss, kriegen wir nie raus, wer die Diebe sind …«

»So was habe ich mir schon fast gedacht«, hat Kalle erklärt. »Aber so geht das nicht. Dafür ist die Polizei da!«

Und dann hat er uns einen langen Vortrag gehalten, dass Schule wichtiger ist, als Detektiv zu spielen und so was. Das Übliche eben. Und dass ich ab sofort wieder zu den Proben zu gehen hätte.

Was ich am nächsten Tag auch gemacht habe. Aber manchmal geschehen eben doch kleine Wunder! Weil nämlich die Lehrerin inzwischen Grippe hat und die Proben deshalb erst mal ausfallen …

Und jetzt sitzt Kalle in seinem Arbeitszimmer und zeichnet irgendwelche Entwürfe für die Zwergenkostüme.

Jasper, Moritz und ich sitzen vorm Telefon und warten, dass einer anruft. Aber es klingelt nicht. Obwohl Moritz inzwischen schon dreimal überprüft hat, ob der Stecker wirklich wieder richtig in der Dose steckt. Tut er. Aber das Telefon klingelt trotzdem nicht.

»Es gibt eigentlich nur zwei Möglichkeiten«, sage ich. »Entweder gehen die Leute nicht mehr in den Supermarkt zum Einkaufen, seit sie keinen Bus mehr haben, oder …«

»Oder?«, fragt Jasper.

»Oder es sind überhaupt keine VW-Busse weiter geklaut worden! Und die blonde Polizistin hat das Ganze nur erfunden, um uns zu trösten.«

POLIZE

»Sie ist deine Freundin«, sagt Jasper nur. »Ich habe ihr von Anfang an nicht getraut. Außerdem kann man das rauskriegen!«

Er greift nach dem Telefonbuch und sucht die Nummer des nächsten Polizeireviers. Dann wählt er.

»Ja, hallo, hier bin ich«, sagt er, als jemand abnimmt. »Ich wollte nur mal was fragen. Also, wir haben da nämlich einen Nullnullsieben-einhundertzehn zu melden, und zwar einen VW-Bus … was? Ja, klar, ich bleibe dran …«

Er hält die Hand über den Hörer und flüstert uns zu: »Der Typ hat gesagt, da wäre ich nicht der Einzige! Und jetzt verbindet er mich mit der Soko Kraftfahrzeug-Diebstahl oder so was …«

»Leg auf«, flüstert Moritz, »schnell!«

Jasper legt auf.

»Mit wem telefoniert ihr denn da?«, will Caro wissen, die gerade aus ihrem Zimmer kommt. »Mann, das gibt es doch gar nicht«, regt sie sich auf, »ich warte die ganze Zeit auf einen Anruf und meine Herren Brüder blockieren das Telefon!«

»Wir wollten nur wissen, ob wirklich noch mehr VW-Busse geklaut worden sind«, versuche ich zu erklären.

»Oder ob Phillips Freundin ihn reingelegt hat!«, schiebt Moritz nach. »Hat sie aber nicht! Wir haben gerade angerufen und …«

»Mann, was labert ihr da die ganze Zeit für einen Müll?«, unterbricht ihn Caro. »Wie wär's, wenn ihr einfach mal in die Zeitung guckt?«

Caro geht in die Küche rüber und kommt gleich darauf mit der Zeitung zurück.

»Seite 2«, sagt sie, »da steht es. Falls ihr lesen könnt!«

Sie schnappt sich das Telefon und verschwindet in ihrem Zimmer.

Jasper schlägt die Zeitung auf. Wir müssen einen Moment suchen, bis wir die Meldung finden. Ich entdecke die Überschrift als Erster. Zwischen MANN VOM FAHRRAD GE-

FALLEN und DACKELMORD IN REIHENHAUS steht es: AUTOKNACKERBANDE SCHLÄGT WIEDER ZU.

»*Die skrupellose Autoknackerbande, die seit einigen Tagen in der Stadt ihr Unwesen treibt, hat wieder zugeschlagen*«, lese ich vor. »*Die Bande scheint es ausschließlich auf VW-Busse abgesehen zu haben. Auch diesmal war es wieder ein Bus, der nachts von seinem Stellplatz vor dem Haus der Besitzer entwendet wurde. Auffällig ist, dass die Fahrzeuge nicht aufgebrochen werden. Hauptkommissar Laschek (34) erklärt dazu: ›Wir nehmen an, dass es Profis sind, die die Funkcodierung der Türschlösser per Handy knacken.‹ Die Polizei hat mittlerweile eine Sonderkommission eingesetzt, die sich um die Aufklärung der Diebstähle kümmern soll.*«

»Damit ist es klar«, stellt Jasper fest. »Aber warum ruft dann keiner bei uns an?«

»Wir müssen noch mal los«, sage ich. »Ich vermute, irgendjemand hat unsere Zettel wieder abgenommen, ganz einfach.«

»Irgendjemand, der nicht will, dass wir was rauskriegen«, überlegt Jasper weiter. »Stimmt! Das ist die Lösung …«

»Und wenn wir ihn kriegen, haben wir eine Spur!«, brüllt Moritz begeistert los.

Wir ziehen uns schnell an und machen uns auf den Weg.

Im ersten Supermarkt ist unser Zettel tatsächlich verschwunden.

»Weiter!«, sage ich. »Vielleicht erwischen wir den Typen ja noch.«

Vor dem zweiten Supermarkt müssen wir um einen Schäferhund herumgehen, der genau vor dem Eingang liegt. Und dann sehen wir den Mann, der an der Pinnwand steht und auf unseren Zettel starrt.

Wer ist der Mann an der Pinnwand?

Lies morgen weiter.

12. Dezember

Der Mann hat eine schwarze Pudelmütze auf und einen ausgebeulten Trainingsanzug an. Aber ich brauche trotzdem einen Moment, bis ich durchblicke. Erst als Moritz neben mir flüstert: »Der Schäferhund kam mir gleich so bekannt vor«, klingeln bei mir die Alarmglocken. Der Mann vor der Pinnwand ist niemand anders als Herr Oldenburg! Ein unangenehmer Typ, mit dem wir bei unserem letzten Fall ein paarmal aneinandergeraten sind. Und sein Hund draußen vor der Tür heißt Felix und …

»Deckung!«, flüstert Jasper und zieht Moritz und mich hinter einen Stapel leerer Kartons.

Keine Sekunde zu früh! Gerade dreht sich Herr Oldenburg um, als hätte er irgendwas bemerkt. Ganz deutlich kann ich jetzt auch seinen langen grauweißen Bart sehen, in dem garantiert noch das vertrocknete Eigelb vom letzten Jahr klebt. Die Trainingshose hat inzwischen an beiden Knien Löcher, aber sonst hat sich Herr Oldenburg nicht verändert.

Mit zusammengekniffenen Augen mustert er argwöhnisch die Leute, die mit ihren Einkaufstaschen an ihm vorbeihetzen. Dann schüttelt er den Kopf und kratzt sich ausgiebig seinen dicken Bauch, bevor er sich wieder zur Pinnwand umdreht.

»Meint ihr, er gehört zu den Autoknackern?«, fragt Moritz.

»Möglich wäre es«, überlegt Jasper. »So einem Typen ist irgendwie alles zuzutrauen. Und seine Tarnung ist perfekt!«

»Was?«, frage ich irritiert.

»Guck ihn dir doch an«, meint Jasper, »er sieht doch aus, als wüsste er noch nicht mal, was ein Auto überhaupt ist!«

»Oder als würde er sich rückwärts reinsetzen oder so«, kichert Moritz.

»Perfekte Tarnung!«, stellt Jasper fest. »Aber in Wirklichkeit ist er der Kopf der ganzen Bande! Er tut einfach so, als würde er nur seinen Hund ausführen …«

»Und schleicht dabei durch die ganze Stadt und schreibt

alle Bullis auf, die er sieht, meinst du?«, frage ich. »Stimmt schon, da könnte was dran sein.«

»Da ist was dran«, nickt Jasper überzeugt. »Und die Liste gibt er dann der Bande, damit die die Bullis klauen können, ist doch logisch.«

»Während er solange schön gemütlich zu Hause sitzt und am Schluss die Kohle kassiert«, ergänzt Moritz. »Echt raffiert.«

»Raffiniert«, verbessert Jasper. »Aber genauso ist es, wetten? Er lässt die anderen die Dreckarbeit machen und …«

»Vorsicht, er kommt!«, zischt Moritz.

Wir ducken uns wieder hinter die Kartons. Herr Oldenburg geht so dicht an uns vorbei, dass wir nur den Arm auszustrecken bräuchten, um ihn zu berühren.

Wir warten, bis er durch die Tür ist und seinen Hund losmacht. Ich werfe einen Blick auf die Pinnwand. Unser Zettel ist verschwunden!

»Hinterher«, sagt Jasper.

Wir rennen geduckt über den Parkplatz.

Herr Oldenburg und sein Hund biegen in die Fußgängerzone ab. Vor einem Fischgeschäft bleiben sie stehen. Herr Oldenburg betrachtet interessiert die toten Fische im Schaufenster und kratzt sich wieder seinen Bauch. Der Schäferhund schnüffelt währenddessen an einem Fahrrad, das an der Hauswand lehnt. Dann hebt er sein Bein und pinkelt gegen den Vorderreifen.

»Ich muss auch mal«, flüstert Moritz neben mir.

Jasper verdreht die Augen.

»Mann, doch nicht jetzt!«, stöhnt er. »Wir sind im Einsatz!«

»Ich muss aber trotzdem«, jammert Moritz und tritt von einem Bein aufs andere.

»Bleib du hier«, sage ich zu Jasper. »Ich suche ein Klo für Moritz.«

Ich schnappe mir meinen kleinen Bruder und ziehe ihn hinter mir her ins nächste Kaufhaus. Die Toiletten sind im Untergeschoss und wir müssen die Rolltreppe nehmen.

Moritz ist inzwischen schon ganz bleich im Gesicht und hat eine Hand zwischen die Beine gepresst.

»Halt bloß durch«, sage ich, »wir sind gleich da!«

Moritz stürzt durch die Tür mit dem Männchen drauf, als wäre jede Sekunde entscheidend. Ist sie wahrscheinlich auch.

Ich warte und gucke mir die Leute an, die auf der Suche nach Weihnachtsgeschenken sind. Ein Mann im grauen Anzug und mit einem Aktenkoffer kauft gerade ein Spielzeugauto. Einen kleinen VW-Bus mit einem Wohnwagen als Anhänger! Die Verkäuferin verpackt den Bus sorgfältig in Weihnachtspapier und bindet eine große Schleife um das Paket. Der Mann bezahlt und schiebt das Geschenk in seinen Aktenkoffer.

Moritz zupft mich am Ärmel.

»Alles klar«, flüstert er. »Ich hab's gerade noch geschafft, es ist nichts danebengegangen!«

»Weißt du eigentlich, dass wir noch Geschenke brauchen?«, frage ich abwesend.

»Nicht wenn wir es schaffen, unseren Bulli rechtzeitig wiederzubesorgen«, erklärt Moritz ganz ernsthaft. »Ich finde, das muss reichen.«

»Stimmt«, nicke ich, »also los!«

Wir spurten zur Rolltreppe zurück und drängen uns an den Leuten vorbei nach oben.

Aber als wir wieder am Fischgeschäft ankommen, ist Herr Oldenburg verschwunden. Und auch Jasper ist nirgends zu sehen.

»Mist!«, sagt Moritz. »Und jetzt?«

Ich gebe keine Antwort, sondern recke nur den Hals. Aber es sind zu viele Leute unterwegs, ich kann weder Jasper entdecken noch Herrn Oldenburg.

»Wenn wir ein Handy hätten, wäre das alles kein Problem«, schimpft Moritz vor sich hin. Er zupft mich wieder am Ärmel. »Hör mal, wenn wir den Bus wiederbesorgen, könnten sie uns doch eigentlich jedem ein Handy schenken! Kalle und Sabine, meine ich. Ich finde, das wäre doch eigentlich das Mindeste!«

Wir schieben uns auf gut Glück durch das Gedränge. Bis zu der Buchhandlung an der Ecke, wo der Weihnachtsmarkt anfängt.

Plötzlich hören wir eine Stimme.

»He! Hier bin ich!«

Jasper hockt hinter einem Tisch mit Sonderangeboten und winkt aufgeregt. Als wir neben ihm in Deckung gehen, zeigt er zur Würstchenbude rüber. Und da steht tatsächlich Herr Oldenburg und hält eine Bratwurst in der Hand. Während der Schäferhund schon wieder die nähere Umgebung abschnüffelt, um irgendwas zum Anpinkeln zu finden.

»Erst hat er ein Fischbrötchen gekauft«, berichtet Jasper flüsternd, »aber er hat nur einmal abgebissen und den Rest seinem Hund gegeben.«

»Meint ihr, das könnte verdächtig sein?«, flüstert Moritz zurück.

»Quatsch«, sage ich. »Natürlich nicht.«

»Dachte ich mir«, nickt Moritz. »Ich mag auch keine Fischbrötchen.«

»He, was wird das denn?«, ruft Jasper halblaut und rammt mir seinen Ellbogen in die Rippen.

Herr Oldenburg bückt sich zum Abfalleimer und wirft den Rest seiner Bratwurst weg. Dann wischt er sich die Finger an der Trainingshose ab und holt irgendwas aus der Tasche. Einen Briefumschlag!

Gleichzeitig kommt von der anderen Seite ein Mann mit einem Hut auf dem Kopf, den er tief ins Gesicht gezogen hat.

Der Mann geht ganz dicht an Herrn Oldenburg vorbei. Im nächsten Moment schiebt ihm Herr Oldenburg den Briefumschlag in die Tasche!

Aber was noch viel wichtiger ist: Ich kenne den Mann mit dem Hut! Wir kennen ihn alle …

Wer ist der Mann mit dem Hut?
Lies morgen weiter.

13. Dezember

Das … das war Herr Krummbiegel«, stammelt Jasper, als der Mann mit dem Hut zwischen den Buden verschwindet.

»Wir trennen uns!«, rufe ich und springe schon auf. »Ihr bleibt an Oldenburg dran und ich schnappe mir Krummbiegel!«

Eine Antwort warte ich gar nicht erst ab, sondern renne los. Am Kinderkarussell sehe ich ihn wieder. Er steht vor dem Kassenhäuschen und hält den Brief in der Hand, den Herr Oldenburg ihm zugesteckt hat. Ich drücke mich zwischen eine Pizzabude und einen Stand mit Wollsocken.

Herr Krummbiegel liest den Brief. Die Gedanken in meinem Kopf überschlagen sich. Herr Krummbiegel und Herr Oldenburg stecken irgendwie zusammen. Und ich bin mir sicher, dass es was mit den geklauten VW-Bussen zu tun hat! Womit auch klar ist, dass das neulich tatsächlich Herr Krummbiegel war, der mitten in der Nacht nach Hause gekommen ist. Vielleicht ist also gar nicht Oldenburg der Kopf der Bande, sondern unser Nachbar, der Expolizist! Gerade erst stand so was in der Zeitung. Über einen Expolizisten, der eine Bank ausgeraubt hat. Allerdings in seiner alten Uniform, weshalb sie ihn auch ziemlich schnell gekriegt haben …

Herr Krummbiegel setzt sich in Bewegung. Ich steige über die Pizzareste und folge ihm. Wobei ich jede Deckung ausnutze, die ich finden kann. Immerhin war Herr Krummbiegel früher mal bei der Polizei und ich muss verdammt vorsichtig sein!

Solange wir auf dem Weihnachtsmarkt sind, klappt es ganz gut. Außerdem scheint Herr Krummbiegel auch nicht den Verdacht zu haben, dass er beschattet wird. Er schiebt sich in aller Ruhe durch das Gedränge, ohne sich auch nur einmal umzudrehen. Den Brief hält er immer noch in der Hand.

Aber dann biegt er in eine Seitenstraße ein, in der kaum Leute unterwegs sind. Jetzt wird es schwierig.

Ich wechsle die Straßenseite und klemme mich für eine Weile hinter einen dicken Typen, der schwer bepackt über den Fußweg keucht. Kurz darauf bleibt der Dicke vor einer Haustür stehen und fummelt seinen Schlüssel aus der Tasche.

Ich spurte weiter zum nächsten Baum und lande mit meinen Turnschuhen fast in einem Hundehaufen.

Detektive haben es echt schwer, denke ich. Und ihre Schuhe sehen wahrscheinlich ziemlich unappetitlich aus!

Ein Linienbus fährt vorbei. Für einen kurzen Moment kann ich Herrn Krummbiegel nicht mehr sehen. Und als er wieder auftaucht, wirft er gerade den Brief von Herrn Oldenburg in den Papierkorb vor einem Gemüseladen. Dann schiebt er die Hände in die Manteltaschen und läuft weiter. So als würde er genau wissen, wo er hinwill, aber immer noch, ohne sich umzusehen.

Ich warte, bis er ein paar Meter weiter ist, dann überquere ich die Straße. Wie zufällig nähere ich mich dem Gemüseladen. Neben der Tür ist ein Tisch mit Tomatenkisten aufgebaut. Die Tomaten sehen schon ziemlich matschig aus. Durch das Schaufenster beobachte ich, wie der Verkäufer gerade eine Kundin bedient. Ich gucke mich schnell noch mal um, aber es sind keine Leute weiter in der Nähe. Nur Herr Krummbiegel, der inzwischen schon fast an der nächsten Kreuzung ist.

Schnell stecke ich meine Hand in die Öffnung des Papierkorbs. Und hätte im nächsten Moment fast aufgeschrien, als ich mit den Fingern irgendetwas Glitschiges berühre. Aber daneben fühle ich den Briefumschlag! Ich ziehe die Hand wieder aus dem Papierkorb. An dem Brief kleben die matschigen Reste einer Tomate.

Mit spitzen Fingern hole ich einen Zettel aus dem Umschlag. Die Schrift ist fast so krakelig wie die von Moritz. Und

E+U

mit der Rechtschreibung scheint Herr Oldenburg auch deutliche Probleme zu haben!

IN DER WERKSTAT IN DER BERLINNER STRASE GIPS ZWEI BUSE, entziffere ich mit einiger Mühe sein Gekrakel.

Ich kenne die Berliner Straße! Und ich glaube, ich weiß auch, von welcher Werkstatt die Rede ist. Als wir noch unseren Citroën hatten, war ich ein paarmal mit Kalle da. Bis Kalle den Verdacht hatte, dass die Werkstattleute keine Ahnung von Citroëns haben und wir uns eine andere Werkstatt gesucht haben …

Die Kundin kommt aus dem Gemüseladen. Und hinter ihr der Verkäufer, der mich sofort anblafft: »Willst du irgendwas kaufen? Wenn nicht, dann mach, dass du wegkommst!«

»Eigentlich wollte ich Tomaten haben«, sage ich. »Aber ich glaube, ich verzichte lieber! Die Qualität überzeugt mich nicht!«

Ich schnipse mit den Fingern einen Rest Tomatenpelle von Herrn Oldenburgs Brief und renne los. Der Verkäufer starrt mir mit offenem Mund hinterher.

Herr Krummbiegel steht noch an der Fußgängerampel und wartet auf Grün. Wenn er gleich geradeaus weitergeht, überlege ich, dann braucht er nur bis zur nächsten Ecke und noch mal links und dann ist er in der Berliner Straße …

Die Ampel schaltet auf Grün. Herr Krummbiegel überquert die Straße und geht geradeaus weiter. Alles klar! Er ist auf dem Weg in die Werkstatt.

Aber ich kenne eine Abkürzung! Einfach über den Spielplatz und dann durch den Gang hinter der Tiefgarage, den meine Brüder und ich früher manchmal als Versteck benutzt haben. Wenn wir abhauen mussten, weil irgendwelche Größeren das Klettergerüst für sich haben wollten.

Wenn ich mich richtig erinnere, führt der Gang auf der anderen Seite auf einen Hinterhof. Und von da gab es einen

Durchgang in den Hof von der Autowerkstatt. Glaube ich jedenfalls …

Der Gang hinter der Tiefgarage riecht, als ob Herr Oldenburg hier manchmal seinen Schäferhund spazieren führen würde. Als ich auf dem Hinterhof ankomme, hole ich erst mal tief Luft. Dann sehe ich mich um. Es gibt einen Durchgang zum Hof der Autowerkstatt, nur leider mit einer Gittertür. Und die ist natürlich verschlossen!

Ich schiebe eine Mülltonne vor die Mauer und klettere rüber. Ich muss jetzt genau hinter der Halle sein, in der die Autos repariert werden.

Ich steige auf einen Stapel alter Reifen und versuche, durchs Fenster zu gucken. Aber die Scheibe ist so verdreckt, dass ich kaum etwas erkennen kann. Nur den Umriss von einem VW-Bus!

DA GIPS ZWEI BUSE, hat Herr Oldenburg geschrieben. Irgendwie muss ich in die Halle kommen und mich da verstecken. Ich frage mich nur, ob Herr Krummbiegel die Busse gleich klauen wird oder erst später. Denn die Sache ist ja klar, Herr Oldenburg gibt ihm einen Tipp und er geht dann hin und … Allerdings kann er ja schlecht zwei Busse auf einmal klauen! Also überprüft er den Tipp wahrscheinlich nur und kommt dann nachts noch mal wieder. Oder er schickt seine Leute oder so was.

Weiter bin ich noch nicht mit meinen Überlegungen, als ich Schritte höre. Jemand kommt pfeifend aus der Werkstatt und – steht im nächsten Moment vor mir! Ein Typ in einem ölverschmierten Overall, der zwei alte Reifen angeschleppt bringt. Als er mich sieht, hört er auf zu pfeifen.

Was passiert jetzt mit Phillip?
Lies morgen weiter.

14. Dezember

Hallo«, sage ich zu dem Typen mit den Reifen und versuche, möglichst harmlos auszusehen. Was mir scheinbar aber nicht sonderlich gut gelingt. Der Typ sagt zwar nichts, aber er mustert mich von Kopf bis Fuß, als hätte er mich gerade dabei erwischt, wie ich seine Werkstatt abfackeln wollte. Ich erinnere mich an ihn. Er ist der Autoschrauber, mit dem Kalle sich damals wegen unserem Citroën angebrüllt hat. Der Autoschrauber erinnert sich nicht an mich. Was ich ehrlich gesagt auch besser finde.

Jetzt zieht er einen schmierigen Lappen aus der Tasche und wischt sich die Hände ab. Seine Hände sind ungefähr so groß wie Klodeckel, und es dauert eine ganze Weile, bis er den Dreck gleichmäßig verteilt hat.

»Ich wollte sowieso gerade wieder gehen«, sage ich.

Er gibt immer noch keinen Ton von sich, sondern knetet nur den Lappen zwischen seinen Klodeckelhänden. Ich ertappe mich dabei, wie ich mir vorstelle, dass er den Lappen gleich nehmen wird, um mich zu knebeln. Damit ich nicht schreien kann, wenn er mich in seine Werkstatt schleppt und in der hintersten Ecke an ein Heizungsrohr fesselt. Wo ich dann zusammengekrümmt hocken muss, bis er entschieden hat, was er mit mir macht.

»Ich hab nur was gesucht«, erkläre ich. »Aber es ist nicht da. Deshalb wollte ich ja auch gerade wieder gehen. – Kann ich jetzt bitte durch?«

Ich will mich an ihm vorbeidrücken, aber er streckt einfach nur den Arm aus.

»Und was hast du gesucht?«, fragt er und schiebt den Lappen zurück in seine Tasche.

»Etwas, das ich … verloren habe«, versuche ich, schnell eine Geschichte zu erfinden. »Genau, also ich habe es verloren und deshalb …«

»Was? Was hast du verloren?«

»Na ja, also eigentlich war es mein kleiner Bruder«, stammele ich verzweifelt. »Der spielt hier manchmal. Also nicht hier, sondern im Hof nebenan.« Ich zeige auf die Mauer mit der Gittertür. »Und da ist ihm gestern …«

»Sein Ball über die Mauer geflogen«, unterbricht mich der Autoschrauber. »Wolltest du das sagen?«

»Ja, genau!«, rufe ich schnell. »Das meinte ich. Mein Bruder hat nämlich einen Ball, das heißt, er hatte einen Ball, jetzt hat er natürlich keinen mehr, weil er ja jetzt weg ist, der Ball, meine ich, nicht mein Bruder, der ist noch da, aber …«

Der Autoschrauber glaubt mir offensichtlich kein Wort.

»Haben Sie den Ball denn gefunden?«, frage ich noch mal, um wenigstens so zu tun, als wäre an meiner Geschichte irgendwas dran.

»Komm mal mit«, sagt er, ohne auf meine Frage zu antworten. Er winkt mir, dass ich ihm folgen soll. Als wir an der Vorderseite der Werkstatt sind, überlege ich, ob ich es schaffe, bis zum Tor zu kommen und einfach abzuhauen. Aber der Autoschrauber ist schneller.

»Vergiss es«, sagt er nur und packt mich am Arm. Er zieht mich weiter zu dem Anbau, in dem er sein Büro hat. Wenn er jetzt einen Ball aus seinem Büro holt, kapiere ich gar nichts mehr, denke ich. Obwohl ich dann ja nur zu rufen brauchte: »Genau, das ist der Ball, Mann, danke, da wird sich mein Bruder aber freuen.« Oder so was in der Art.

Aber der Autoschrauber geht gar nicht in sein Büro. Sondern zeigt auf die Wand neben dem vergitterten Fenster und fragt: »Weißt du, was das hier ist?«

»Eine Wand?«, frage ich vorsichtig.

»Das!«, wiederholt er und klopft mit seinem Finger auf den weißen Anstrich, der an einigen Stellen schon abblättert. Wahrscheinlich klopft er öfter dagegen, denke ich noch, bevor mir plötzlich dämmert, worum es geht. Der Autoschrauber meint die Buchstaben, die mit Filzstift auf die Wand gekritzelt sind.

HUGO IST DOOF, entziffere ich.

»Und?«, fragt der Autoschrauber.

»Da hat jemand was hingemalt«, sage ich, weil ich nicht weiß, was ich sonst sagen soll. »Jemand, der Hugo doof findet. Kennen Sie einen, der Hugo heißt?«

Als ich ihn angucke, weiß ich, dass die Frage falsch war. Ich brauche bloß sein Gesicht zu sehen: Er selber heißt Hugo, völlig klar!

Jetzt sehe ich auch, dass unter dem vergitterten Fenster noch ein Satz hingemalt ist: HUGO HAT KEINE AHNUNG VON AUTOS!

»Vielleicht ein Kunde, der nicht zufrieden war«, schlage ich vor. »Aber da kann ich doch nichts dazu …«

»Taschen ausleeren!«, fordert mich der Autoschrauber auf. Hugo. Und dann kapiere ich es endlich. Er denkt, ich hätte irgendwas mit der Schmiererei auf seiner Wand zu tun! Und jetzt will er wissen, ob ich einen Filzstift dabeihabe.

Habe ich aber nicht. Ich habe nur den Brief von Herrn Oldenburg, ein Stück Bindfaden, mein Portemonnaie mit genau einem Euro und 32 Cent, ein Stück Fell von der toten Maus, die mumifiziert bei uns im Keller lag, eine Glasmurmel, die ich bei Gelegenheit mal Karlotta schenken wollte, eine zerknickte Karte aus Jaspers Autoquartett, die ich neulich verschwinden lassen musste, weil ich sonst verloren hätte, und ein Papiertaschentuch mit Blutflecken von dem Riss an meinem kleinen Finger, als ich …

»Keinen Filzstift?«, fragt Hugo und klingt irgendwie enttäuscht.

Ich schüttele den Kopf.

»Und du weißt natürlich auch nicht, wer das gemacht haben könnte?«, hakt er noch mal nach. Allerdings eher so, als würde er meine Antwort ohnehin schon kennen.

Und weil ich ihn nicht enttäuschen will, schüttele ich wieder brav den Kopf. Obwohl ich gerade unter dem Fenster eine Stelle entdeckt habe, an der Hugo offensichtlich eine alte Schmiererei mit Wandfarbe zu überpinseln versucht hatte. Nur dass sich Filzstift nun mal nicht einfach mit Farbe überpinseln lässt, und ich also immer noch ohne Probleme das Herz erkennen kann, das da mal hingemalt war. Ein Herz mit einem Pfeil mittendurch. Und mit zwei Buchstaben darunter: einem großen T und einem großen C. Ich kenne die Art von Herzen, weil bei uns an der Garagentür lange Zeit auch eins war. Übrigens auch an dem Briefkasten vor der Post, an der Bushaltestelle, an der Telefonzelle und wahrscheinlich an jedem Laternenpfahl von uns zu Hause bis zu der Straße, wo Tassilo wohnt. Der bis vor Kurzem noch unsterblich in meine Schwester Caro verliebt war. Und sie in ihn. Bis sie dann Schluss gemacht hat. Aber Tassilo liebt sie immer noch, weshalb er aus lauter Verzweiflung angefangen hat, überall seine Herzen hinzumalen. Und wahrscheinlich haben wir mal irgendwann von der Werkstatt erzählt, aber Tassilo hat es falsch verstanden und gedacht, wir würden da immer noch hingehen, und deshalb auch bei Hugo ein Herz gemalt. Und dann hat Hugo das Herz zugepinselt und Tassilo war sauer und hat sich gerächt! Eigentlich völlig klar …

»Hallo!«, ruft in dem Moment eine Stimme von der Werkstatt herüber. »Wo steckst du, Hugo?«

Herr Krummbiegel ist da! Aber wieso redet er den Autoschrauber mit Vornamen an?

Kennen sich Herr Krummbiegel und Hugo?
Lies morgen weiter.

15. Dezember

»Moment, ich komme schon!«, ruft der Autoschrauber zurück. Dann bohrt er mir seinen Zeigefinger in die Rippen und sagt: »Du rührst dich nicht vom Fleck, klar? Ich bin noch nicht fertig mit dir.«

Ich nicke.

Er zieht den Zeigefinger aus meinen Rippen und schlappt zur Werkstatt rüber.

Ganz kurz überlege ich, ob es nicht das Beste wäre, jetzt schnellstens abzuhauen. Aber dann kriege ich nie raus, was hier gespielt wird, denke ich und spurte stattdessen quer über den Hof. Bis zu einem Müllcontainer, hinter dem ich in Deckung gehen kann.

»Ach, du bist das, Reinhold!«, höre ich den Autoschrauber gerade sagen. »Lange nicht gesehen. Und, alles klar bei dir?«

Herr Krummbiegel antwortet irgendwas, dann verschwinden sie in der Werkstatt.

Meine Gedanken fahren Achterbahn. Irgendwas stimmt hier nicht! Herr Krummbiegel kennt also Hugo. Aber wieso hat Herr Oldenburg ihm dann den Tipp gegeben, dass bei Hugo zwei VW-Busse stehen, die sie klauen können? Oder war es gar kein Tipp, sondern … einfach eine Nachricht! Das muss es sein! Herr Oldenburg ist der Unterboss und lässt die Busse irgendwo klauen und zu Hugo schaffen. Und Herr Krummbiegel ist der Oberboss, der die Busse dann weiter ins Ausland verscheuert. Während Hugos Werkstatt das Versteck ist, in dem die Busse erst noch umgespritzt werden und neue Kennzeichen kriegen. So passt alles zusammen!

Herr Oldenburg hätte also eigentlich schreiben müssen: »Bei Hugo stehen wieder zwei neue Busse.« Aber wahrscheinlich war das zu schwierig für ihn! Ich bin nur überrascht, dass er überhaupt Unterboss geworden ist. Aber vielleicht haben sie einfach keinen Schlaueren gefunden. Ich meine, das Problem bei einer Bande ist wahrscheinlich, dass man reichlich Leute braucht und deswegen auch die Dümmeren mit einstellen muss. Fast ein bisschen so, als ob man in der Schule ein Theaterstück spielen will. Oder wie bei der Polizei, wenn sie eine Soko gründen müssen!

Mist, ich darf unseren Fall nicht aus den Augen verlieren! Ich muss irgendwie in die Werkstatt, um zu hören, was Herr Krummbiegel und Hugo gerade besprechen …

Ich schleiche mich vorsichtig bis zum Tor. Die beiden stehen ein paar Meter entfernt mit dem Rücken zu mir hinter einem alten Citroën. Ich höre, wie Hugo laut lacht, als hätte Herr Krummbiegel ihm einen besonders guten Witz erzählt.

Auf der Hebebühne ist ein Bulli aufgebockt. Er hat die gleiche Farbe wie unserer. Aber es ist kein Campingbus und es gibt auch keinen Weihnachtsmann hinter der Schiebetür. Als ich den zweiten Bus entdecke, schlägt mir das Herz bis zum Hals. Ein schwarzer Bus, bei dem die hinteren Scheiben mit schwarzer Folie zugeklebt sind! Der Bus von dem Schnauzbart und der blonden Polizistin! Ich kapiere gar nichts mehr. Entweder steckt die Soko auch mit drin in der Sache oder … Herr Oldenburg hat aus Versehen einen Polizeibus klauen lassen!

Ich will mich gerade näher an den Citroën schleichen, da stoße ich gegen einen Rollwagen mit Werkzeug. Der sich prompt in Bewegung setzt, gegen den Citroën knallt und umfällt. Der Lärm ist unbeschreiblich.

Hugo hört auf zu lachen.

Mein Herz hört auf zu schlagen.

Einen Moment starren wir uns alle nur an.

Dann sagt Hugo: »Das ist das Früchtchen, das ich vorhin erwischt habe, wie er mir wieder die Wand vollschmieren wollte. Er behauptet zwar, nichts damit zu tun zu haben, aber ich wette, dass er lügt!«

Herr Krummbiegel schiebt sich den Hut aus der Stirn und schüttelt den Kopf. Aber er sagt nichts. Obwohl er mich ja längst erkannt haben muss.

Ich sage auch nichts.

Hugo bückt sich neben den Citroën und fährt mit der Hand über die Beule, die der Rollwagen in den Kotflügel gedrückt hat. Wobei der Citroën ohnehin schon so verbeult ist, dass man gar nicht genau sagen kann, welche Beule neu ist.

»Das wird dich einiges kosten«, schimpft Hugo trotzdem. »Ich muss die ganze Seite neu machen. Mit Lackierung und allem …«

Herr Krummbiegel guckt sich ebenfalls die Beule an.

»Das ist ein Fall für die Versicherung«, sagt er dann und guckt mich an. »Am besten schreibst du deinen Namen und deine Adresse auf, damit sich Hugo mit deinen Eltern in Verbindung setzen kann. – Hier!« Er hält mir einen Schreibblock und einen Stift hin, den er aus seinem Mantel gefischt hat.

»Ja, ja«, stottere ich. »Mache ich.«

Ich schreibe meinen Namen und unsere Adresse auf.

Was ist hier los?, denke ich gleichzeitig. Herr Krummbiegel weiß doch ganz genau, wie ich heiße und wo ich wohne. Wieso tut er so, als würde er mich nicht kennen? Und wieso interessieren sich die beiden nur für den blöden Citroën? Sie müssten doch eigentlich total in Panik geraten, weil sie gerade aufgeflogen sind! Ich hab die Autoknackerbande, das muss ihnen doch klar sein … oder zumindest Herr Krummbiegel müsste es längst kapiert haben!

Hugo nicht, schon klar, der hat ja vorhin noch nicht mal mitgekriegt, dass ich den Brief von Herrn Oldenburg in der Tasche hatte. Aber Herr Krummbiegel! Nur wieso sagt er dann nichts? Sondern hält Hugo nur den Zettel mit meinem Namen hin und klopft mir freundlich auf die Schulter, fast so als wollte er mich trösten.

»Das lässt sich alles klären«, sagt er jetzt auch noch. »Dafür sind Versicherungen ja da. Aber diese andere Sache, mit den Wandschmierereien, das ist viel schlimmer!«

Mist, ich bin echt in der Klemme! Ich meine, wenn ich jetzt weiter behaupte, dass ich nichts mit dem Gekritzel zu tun habe, wird Hugo womöglich doch noch stutzig. Weil er sich dann natürlich fragt, was ich bei ihm hinter der Werkstatt wollte. Und dann braucht Herr Krummbiegel bloß auszupacken und sie haben mich! Dann bin ich dran.

Oder kann es wirklich sein, dass Herr Krummbiegel auch glaubt, ich wäre gar nicht hinter ihm und der Autoknackerbande her, sondern das Ganze wäre nur ein Zufall und … ich hätte überhaupt nicht kapiert, was hier läuft?

Klar, ich meine, er weiß natürlich nicht, dass wir ihn beobachtet haben und dass ich Herrn Oldenburgs Brief abgefangen habe und …

»Weißt du was?«, sagt Herr Krummbiegel plötzlich zu Hugo. »Gib mir den Zettel mal wieder her. Ich habe mir das gerade überlegt. Ich gehe jetzt mit dem Jungen zu seinen Eltern und rede mal ein Wörtchen mit ihnen. Da kann ich dann auch gleich das mit den Schmierereien auf deiner Wand zur Sprache bringen.«

»Soll mir recht sein«, nickt Hugo. »Hauptsache, ich krieg mein Geld!« Im nächsten Moment guckt er mich plötzlich mit zusammengekniffenen Augen an: »Sag mal, ich glaube fast, ich kenne dich irgendwoher? Kann das sein?«

»Glaube ich nicht«, sagt Herr Krummbiegel. »Da irrst du dich bestimmt.«

Er packt mich am Arm und zieht mich hinter sich her.

Was hat Herr Krummbiegel mit Phillip vor?
Lies morgen weiter.

16. Dezember

Drei Stunden später liege ich zu Hause in meinem Bett und bin echt fertig. Irgendwie war der ganze Tag ein bisschen viel für mich …

Als mich Herr Krummbiegel hinter sich hergezerrt hat, war ich davon überzeugt, dass mein letztes Stündlein geschlagen hat. Ich war mir fast sicher, dass mich Herr Krummbiegel in irgendeiner finsteren Ecke um die Ecke bringen wollte. Um den einzigen Zeugen zu beseitigen oder so was. Deshalb habe ich ihn auch in die Hand gebissen, mit der er mich gepackt hielt, und ihn gleichzeitig mit voller Kraft vors Schienbein getreten! Aber so was schien er noch aus seiner Zeit als Polizist zu kennen. Er hat zwar kurz vor Schmerz aufgeschrien, aber dann hat er mir einfach mit einem Griff den Arm auf den Rücken gedreht und gestöhnt: »Junge, ganz ruhig! Komm wieder zu dir, ich tue dir doch nichts!«

»Das können Sie vielleicht Herrn Oldenburg erzählen, aber nicht mir«, habe ich zwischen den Zähnen rausgequetscht. »Ich bin doch nicht blöd!«

»Was?«, hat er verblüfft gefragt. »Woher kennst du denn Herrn Oldenburg?«

»Ich weiß alles«, habe ich gekeucht. »Sie brauchen gar nicht so zu tun! Und meine beiden Brüder wissen auch Bescheid, wir haben Sie nämlich beobachtet. Sie und Herrn Oldenburg! Hier …!«

Mit meiner freien Hand habe ich den Brief aus der Tasche gezogen und ihm hingehalten.

»Das … das gibt's doch gar nicht«, hat er gestottert und auf Herrn Oldenburgs Gekrakel gestarrt.

»Am besten geben Sie auf«, habe ich gesagt und zu einer kleinen Notlüge gegriffen. »Sie haben keine Chance mehr. Meine Brüder kennen den Brief auch und sie müssen jeden Moment hier sein. Zusammen mit …«

Zusammen mit der Soko habe ich eigentlich sagen wollen,

aber im letzten Augenblick ist mir eingefallen, dass ja der schwarze VW-Bus in der Werkstatt stand und der Schnauzbart und die blonde Polizistin vielleicht in der ganzen Sache mit drinhingen.

»Zusammen mit meinem Vater«, habe ich deshalb schnell behauptet, »und mit Friedolin!«

Klar, das war nicht unbedingt das Schlaueste, was mir einfallen konnte! Weil Friedolin ja Herrn Krummbiegel kennt und wahrscheinlich nur schwanzwedelnd auf ihn zugelaufen wäre. Aber Herr Krummbiegel hat sowieso nicht mehr hingehört. Er musste sich nämlich vor einer alten Dame verteidigen, die mit ihrem Stock auf ihn losgegangen ist!

»Lassen Sie sofort das Kind los!«, hat die alte Dame empört gerufen. »Was machen Sie da, Sie Unhold?! So was tut man nicht, und wenn Sie nicht sofort damit aufhören, hole ich die Polizei!«

»Ich bin von der Polizei«, hat Herr Krummbiegel verblüfft gestammelt. »Es ist schon in Ordnung, gehen Sie ruhig weiter.«

Aber immerhin hat er seinen Griff ein bisschen gelockert.

»Sie sind der Leiter?«, hat die alte Dame gefragt, die offensichtlich ein bisschen schwerhörig war. »Das denkt man gar nicht, ich hätte Sie eher für einen Spitzbuben gehalten!«

Die alte Dame hat noch mal mit dem Kopf geschüttelt und ist davongewackelt.

Und Herr Krummbiegel hat auch den Kopf geschüttelt und zu mir gesagt: »Also, jetzt mal in aller Ruhe, Phillip. Ich glaube, ich bin dir ein paar Erklärungen schuldig. Und du mir! Was hältst du davon, wenn ich dich zu einem heißen Kakao einlade und dir alle deine Fragen beantworte?«

Woraufhin ich nun absolut gar nicht mehr durchgeblickt habe. Irgendwie hatte ich plötzlich das Gefühl, dass vielleicht alles ganz anders war, als ich gedacht hatte …

»Okay«, habe ich gesagt, »aber nur, wenn Sie endlich meinen Arm loslassen. Und wir gehen in das Eiscafé in der Fußgängerzone und nicht irgendwo anders hin.«

In dem Eiscafé in der Fußgängerzone kennen mich nämlich alle.

Herr Krummbiegel hat meinen Arm losgelassen. Wir sind zu Gennaro gegangen. Herr Krummbiegel hat mir einen heißen Kakao bestellt und sich einen doppelten Espresso. Und dann hat er angefangen zu erzählen. Dass er Herrn Oldenburg noch aus seiner Zeit von der Polizei kennt. Herr Oldenburg war nämlich Polizeispitzel! Das heißt, er hat die Polizei mit irgendwelchen Tipps versorgt.

»Und er ruft mich immer noch an«, hat Herr Krummbiegel erzählt, »obwohl ich ja auch schon lange nicht mehr dabei bin. Aber er nimmt sich ziemlich wichtig und nervt mich ständig mit irgendwelchen Sachen, die er verdächtig findet.«

Jedenfalls hatte Herr Oldenburg unsere Zettel entdeckt und wahrscheinlich auch den Zeitungsbericht gelesen. Und als er dann wieder mal mit seinem Hund durch die Stadt geschlichen ist, hat er die Bullis in Hugos Werkstatt gesehen. Und Herrn Krummbiegel angerufen, um ein Treffen zu vereinbaren.

»Typisch Oldenburg«, hat Herr Krummbiegel gestöhnt, »statt gleich von Hugo zu erzählen, musste er unbedingt Geheimagent spielen. Ich habe mich auf die Sache nur eingelassen, weil euer Bus geklaut war und ich dachte, es kann nicht verkehrt sein, wenn ich ein bisschen mitmische. Aber als ich Hugos Adresse gelesen habe, wusste ich, dass an der ganzen Sache nichts dran war. Ich bin dann nur noch zu Hugo, um wieder mal ein paar Worte mit ihm zu wechseln. Ich kenne Hugo schon lange. Er war früher auch bei unserem Trachtenverein, und er macht manchmal noch kleinere Reparaturen an Autos, die die Polizei für verdeckte Ermittlungen einsetzt. Deshalb hat er auch gerade …«

»Den Bulli von der Soko bei sich stehen«, habe ich eingeworfen.

»So, das weißt du also auch schon«, hat Herr Krummbiegel gesagt. »Respekt!«

»Aber warum haben Sie dann nicht gesagt, dass Sie mich kennen?«, habe ich gefragt.

»Im ersten Moment war ich einfach nur verblüfft, dich da plötzlich zu sehen. Aber als Hugo dann angefangen hat, sich wegen seinem uralten Citroën aufzuregen, habe ich überlegt, wie ich dich da am besten rausboxen kann. Gut, dass du mich nicht mit Namen angeredet hast! Jetzt können wir das Ganze nämlich einfach vergessen. Beim nächsten Mal erzähle ich Hugo, dass du mir abgehauen bist, und fertig. – Aber sag mal, diese Schmierereien da bei Hugo auf der Wand, weißt du darüber etwas? Irgendwie kommen die mir bekannt vor, als hätte ich dieses Herz schon mal gesehen …«

»Keine Ahnung«, habe ich nur gesagt und mit der Schulter gezuckt.

»Ja dann«, hat Herr Krummbiegel gesagt. Und dann sind wir zusammen nach Hause gegangen. Und ich habe ihm noch ein bisschen von unserer Soko erzählt. Weshalb Herr Krummbiegel zum Abschied gemeint hat, dass wir lieber die Finger von der Sache mit den Autodieben lassen sollten. Weil das Sache der Polizei wäre und zu gefährlich für mich und meine Brüder. Und das war's. Ich bin in mein Zimmer gewankt und wie tot ins Bett gefallen.

Aber gerade als ich die Augen zumachen will, fliegt die Tür auf …

Wer kommt zu Phillip ins Zimmer?
Lies morgen weiter.

17. Dezember

Meine abendlichen Besucher in der Reihenfolge ihres Auftretens sind: meine beiden Brüder, Sabine, Kalle, Caro, das Baby und Friedolin. Also alle, die ganze Familie!

Und jetzt stehen sie um mein Bett rum und reden wirres Zeug. Bis auf das Baby, das redet nicht, sondern gluckst nur vergnügt vor sich hin, während es versucht, nach Friedolins Schwanz zu grapschen. Weshalb Friedolin mit einem Satz an mein Fußende flüchtet und sich unter die Bettdecke wühlt. Woraufhin das Baby empört zu schreien anfängt und Caro genervt ihren iPod lauter stellt, sodass wir gleich noch ein bisschen musikalische Untermalung für unser kleines Gespräch haben und ich endgültig kein Wort mehr verstehe. Aber irgendwie haben sie wohl gedacht, ich wäre verschwunden. Oder zumindest haben Jasper und Moritz das gedacht. Und dann Panik gekriegt und Kalle und Sabine informiert. Die gerade zur Polizei wollten, um eine Vermisstenanzeige aufzugeben, als Caro zum Glück noch meine durchgeweichten Turnschuhe unten an der Treppe entdeckt hat. Okay, wahrscheinlich hätte ich doch erst mal Hallo sagen sollen, als ich nach Hause gekommen bin. Aber irgendwie wollte ich nur noch ins Bett und meine Ruhe haben. Womit es jetzt natürlich vorbei ist …

»Ich bin hier«, sage ich, »seht ihr doch. Kein Grund zur Panik. Das Einzige, worüber ihr euch Gedanken machen müsst, ist, dass euch gerade euer Weihnachtsgeschenk durch die Lappen gegangen ist. Weil nämlich alle Spuren im Sand verlaufen sind, also im Schnee, meine ich, und ihr unseren Bulli deshalb abschreiben könnt. Vergesst es! Tut mir leid, aber …«

Ich sehe an ihren Gesichtern, dass sie mir nicht so ganz folgen können. Außerdem ist mir plötzlich total heiß und gleichzeitig klappere ich mit den Zähnen. Und dann fange ich auch noch an zu heulen, ohne eigentlich zu wissen, weshalb. Aber ich heule trotzdem los!

»Hä?«, machen Jasper und Moritz gleichzeitig, während Caro nur die Augen verdreht und sich an die Stirn tippt.

»Du hast Fieber«, erklärt Sabine und streicht mir besorgt über die Haare.

»Aber es ist doch so«, schluchze ich, »Herr Krummbiegel hat nichts damit zu tun und Hugo auch nicht und überhaupt war alles umsonst. Wir können einpacken, Leute, so sieht es aus!«

Sabine läuft ins Badezimmer, um feuchte Handtücher für Wadenwickel zu holen. Und Kalle fühlt meinen Puls.

»Was laberst du denn da?«, beschwert sich Moritz. »Wir haben doch gesehen, was wir gesehen haben! Und als Jasper und ich hinter Herrn Oldenburg her sind, da war er plötzlich weg. Er hat uns abgehängt, kapierst du? Wie ein echter Profi! Also, ich meine, das ist doch wohl echt verdächtig! Ist es doch, oder?«, wendet er sich an Jasper.

»Ist es«, nickt Jasper. »Aber vielleicht erzählst du jetzt endlich mal, was bei dir los war«, sagt er dann zu mir. »Und wer ist überhaupt Hugo?«

Sabine kommt mit den feuchten Tüchern zurück.

Und während Kalle Friedolin aus meinem Bett wirft und das Baby auf den Arm nimmt, erzähle ich. Dass Herr Oldenburg früher mal als Spitzel für die Polizei gearbeitet hat und Herrn Krummbiegel immer noch mit irgendwelchen Tipps nervt, die aber nie irgendwas taugen. Und dass Hugo genau wie Herr Krummbiegel ein Expolizist ist. Und dass wir ihn kennen, weil er an unserem alten Citroën gescheitert ist, was ihn aber nicht davon abhält, jetzt an dem schwarzen Bulli von der Soko rumzuschrauben.

»Und außerdem hält er mich für Tassilo!«, setze ich noch schluchzend hinzu. Woraufhin Caro mir zum zweiten Mal einen Vogel zeigt und Sabine leise zu Kalle sagt: »Meinst du, wir sollten vielleicht besser einen Arzt holen?«

Aber ich habe keine Ahnung, was Kalle antwortet. Oder ob er überhaupt was antwortet. Weil ich keine zwei Sekunden später auch schon weggedämmert bin …

Ich habe auch keine Ahnung, was in den nächsten Tagen eigentlich so passiert. Stattdessen schlafe ich wie ein Toter. Und wenn ich nicht schlafe, wanke ich an Sabines Arm nur mal kurz zum Pinkeln ins Badezimmer. Oder schlürfe den heißen Tee, den sie mir ans Bett bringt, und schlucke irgendwelche Tabletten gegen das Fieber. Zwischendurch schleicht sich immer mal einer aus meiner Familie ins Zimmer, um zu gucken, ob ich noch lebe. Und Moritz schleppt seine Sammlung Spielzeugautos an, was ich aber erst mitkriege, nachdem ich schon einen halben Tag auf seinem Tanklastzug gelegen habe und Sabine erschreckt aufschreit, als sie die roten Striemen auf meiner Backe entdeckt.

Als ich das nächste Mal wach werde, merke ich gleich, dass irgendwas anders ist. Aber ich brauche einen Moment, bis ich raushabe, was. Mein Kopf ist klar. Das Fieber ist weg! Und ich habe Hunger. So als hätte ich seit Tagen nichts als aufgeweichten Zwieback gegessen. Habe ich ja auch nicht …

»Sabine!«, brülle ich los. »Komm schnell!«

Allerdings scheint meine Stimme noch nicht so ganz zu funktionieren, sondern klingt eher, als würde eine Krähe mit letzter Kraft um Hilfe krächzen. Und dann kommt auch nicht Sabine in mein Zimmer gestürzt, sondern Kalle.

»Was ist los?«, fragt er besorgt. »Ich habe irgendein komisches Geräusch gehört …«

»Das war ich«, krächze ich. »Ich hab Hunger!«

»Puh!«, stößt Kalle erleichtert die Luft aus. »Das ist gut. Dann hast du das Schlimmste hinter dir. Pass auf, Sabine ist gerade zur Probe mit ihrem Chor, aber ich mache dir Bratkartoffeln mit Spiegelei, was hältst du davon?«

»Prima«, nicke ich und Kalle spurtet wieder die Treppe runter. Das Problem bei Kalle ist nur, dass er nicht unbedingt der Schnellste ist, wenn es ums Kochen geht. Und nachdem ich ihn unten in der Küche endlos mit Töpfen und Pfannen klappern höre, denke ich, dass ich solange auch ruhig noch mal die Augen zumachen kann. Was eindeutig ein Fehler war.

Jedenfalls hat Kalle dann zwei Stunden später seine Bratkartoffeln selbst gegessen, weil er mich nicht wecken wollte. Und ich bin inzwischen vor Hunger kurz davor, meine Bettdecke anzuknabbern.

»Tut mir leid«, sagt Kalle zerknirscht. »Aber ich kann dir noch ein paar Würstchen warm machen, wenn du willst!«

»Ich komme mit runter«, sage ich, weil ich jedes Risiko vermeiden will. Nicht dass Kalle womöglich auch noch die Würstchen alleine verputzt und ich dann schuld bin, wenn er hinterher Bauchweh hat.

Ich will gerade ins Badezimmer, um mir die Zähne zu putzen, als es an der Tür klingelt. Ich höre, wie Kalle aufmacht und mit irgendjemand redet. Dann ruft er: »Hier ist Besuch für dich, Phillip!«

»Gibt es etwa gerade Würstchen bei Ihnen?«, höre ich fast gleichzeitig eine andere Stimme begeistert rufen. »Ich liiiebe Würstchen!«

Die Stimme kommt mir irgendwie bekannt vor …

Wer ist gekommen, um Phillip zu besuchen?
Lies morgen weiter.

18. Dezember

Schicker Bademantel«, grinst Karlotta, während sie sich bereits das dritte Würstchen einverleibt. »Steht dir echt gut!«

Ich merke, wie ich rot werde. Der Bademantel gehört Sabine. Und ist pinkfarben mit lauter grellgrünen Krokodilen drauf. Krokodile sind nämlich Sabines Lieblingstiere! Aber in der Schnelle habe ich oben im Bad nichts anderes gefunden, was ich über meinen verschwitzten Schlafanzug ziehen konnte. Und woher sollte ich auch wissen, dass mich ausgerechnet Karlotta besuchen würde?

Aber bevor ich noch irgendwas erklären kann, mischt sich Kalle ein.

»Dieser Bademantel ist nicht einfach irgendein Bademantel«, sagt er, »sondern ein Sondermodell, das ich meiner Frau letztes Jahr zu Weihnachten geschenkt habe. Selbst entworfen und selbst bemalt!«

Er ist eindeutig beleidigt, das höre ich ganz deutlich.

»Macht ja nichts«, meint Karlotta, ohne sonderlich beeindruckt zu sein, »aber Krokodile sind trotzdem blöd. Finde ich jedenfalls. Irgendwie eklig.«

»So«, sagt Kalle nur, »findest du also. Na, gut, dass wir das jetzt wissen. – Und, möchtest du noch ein Würstchen?«

»Au ja!«, flötet Karlotta augenblicklich, »gerne!«

Kalle legt ihr Würstchen Nummer vier auf den Teller.

Karlotta schmatzt munter drauflos.

Aber ich ahne schon, dass gleich noch was kommen wird. Und richtig!

»Sind übrigens australische Würstchen«, meint Kalle wie nebenbei, »aus Krokodilfleisch!«

Karlotta schluckt. Dann starrt sie Kalle mit weit aufgerissenen Augen an. Und dann das angebissene Würstchen in ihrer Hand.

»Echt? St... stimmt das?«, fragt sie entgeistert.

»Klar«, nickt Kalle. »Krokodilwürstchen sind der Hit, wusstest du das nicht? Phillip und seine Brüder ernähren sich ausschließlich von Krokodilfleisch …«

»Hör auf, Kalle, es reicht«, sage ich schnell, weil ich deutlich sehen kann, wie Karlotta plötzlich ganz grün um die Nase wird. »Er hat nur einen Witz gemacht«, versuche ich, sie zu beruhigen, bevor sie uns die letzten dreieinhalb Würstchen auf den Küchentisch spuckt. »Es stimmt natürlich nicht. Die Würstchen sind …«

»Aus Kängurufleisch«, nickt Kalle ganz ernst und verschwindet schnell aus der Küche. Im nächsten Moment höre ich ihn draußen auf dem Flur losprusten.

Aber auch ich habe Mühe, nicht einfach loszulachen. Karlotta sieht wirklich ziemlich dämlich aus, wie sie dahockt und nicht weiß, ob sie sich den Bauch nun mit Krokodil oder Känguru vollgeschlagen hat.

»Ihr seid blöd«, erklärt sie jetzt. »Das stimmt doch überhaupt nicht.«

»Stimmt«, grinse ich. »Du hast es. Hundert Punkte!«

Aber sie schiebt ihren Teller trotzdem zur Seite.

»Also«, beschließe ich, endlich das Thema zu wechseln, »warum bist du hier?«

»Nur so«, sagt Karlotta, ohne mich anzugucken, »Krankenbesuch. Macht man ja so.«

Ich glaube ihr kein Wort. Eher würde noch Alexander kommen, um mich zu besuchen, als ausgerechnet Karlotta. Sie will irgendwas, so viel ist klar.

»Na ja«, sage ich. »Nett von dir. Aber ich bin wieder gesund. Und morgen komme ich auch wieder zur Schule. Wie läuft's denn überhaupt so? Mit dem Theaterstück, meine ich?«

Karlotta guckt sich schnell um, ob Kalle irgendwo zu sehen ist.

Dann beugt sie sich vor und flüstert: »Deshalb bin ich ja hier. Es läuft überhaupt nichts. Null. Das totale Chaos! Seit vorgestern ist die Lehrerin wieder da und hat alles noch mal

umgestellt. Du würdest dein Stück echt nicht mehr wiedererkennen, glaub mir! Alexander soll jetzt nämlich am Schluss einen Engel spielen …«

»Hä?«, unterbreche ich Karlotta, »und wieso?«

»Das will ich doch gerade erzählen«, sagt Karlotta genervt und guckt sich schon wieder um. Aber Kalle lässt sich nicht mehr blicken.

»Alexander soll reingeflogen kommen und sagen, dass es gar nicht weiter schlimm ist, wenn der Weihnachtsmann dieses Jahr nicht kommt, weil er verschlafen hat«, flüstert Karlotta weiter. »Und dass sich trotzdem alle freuen sollen, weil es dafür ein Geschenk gibt, das besser ist als alle anderen Geschenke zusammen. ›Hört, ihr Menschen‹, soll er sagen, ›ich verkünde die frohe Nachricht, dass euch ein König geboren ist!‹ Oder so ähnlich jedenfalls.«

»Und das macht er auch?«, frage ich. »Alexander, meine ich?«

Karlotta zuckt wieder mit der Schulter.

»Er muss. Die Lehrerin hat gesagt, dass er sonst rausfliegt. Und dein Vater hat auch schon ein Engelskostüm für ihn entworfen …«

»Au Mann«, stöhne ich.

»Eben«, nickt Karlotta. »Und deshalb brauchen wir dich. Du bist der Einzige, der das Stück jetzt noch retten kann. Wir haben uns alles genau überlegt. Alexander sagt das mit dem König und dann reißen die Zwerge den Vorhang hinter ihm auf und es kommt doch der Weihnachtsmann reingefahren.«

»Hä?«, rufe ich schon wieder. »Aber das macht doch gar keinen Sinn!«

»Ist doch egal«, beharrt Karlotta. »Hauptsache, es gibt einen Höhepunkt. Und das ist doch dann irgendwie auch witzig und so. Findest du nicht?«

»Ich weiß nicht«, sage ich zögernd. »Klar, ich kapiere schon, was du meinst, aber …«

»Es ist witzig«, erklärt Karlotta. »Und anders geht es nicht. – Also«, setzt sie dann hinzu. »Wie weit seid ihr mit eurer Soko? Deine Brüder haben nämlich erzählt, dass ihr schon eine heiße Spur habt und kurz davor seid, die Autoknackerbande zu kriegen. Und wenn ihr euren Bus wiederhabt, brauchen wir nur noch die Weihnachtsmannpuppe heimlich in die Aula zu bringen und die Sache läuft! Aber ihr habt nicht mehr viel Zeit, vergiss das nicht.«

»Aber …«, setze ich wieder an. »Also, das mit der heißen Spur, das war irgendwie nichts, weil …«

»Lass uns bloß nicht hängen«, sagt Karlotta, ohne mich ausreden zu lassen. Gleich darauf beugt sie sich vor und drückt mir einen Kuss auf die Wange. »Ich bin ja so froh, dass du wieder gesund bist«, säuselt sie. »Jetzt kann nichts mehr schiefgehen!«

Sie greift nach dem Würstchenrest auf ihrem Teller und schiebt ihn sich in den Mund.

»Eigentlich ist Krokodilfleisch doch gar nicht so schlecht«, grinst sie mit vollem Mund und rauscht zur Tür raus.

Und ich teile mir das letzte Würstchen aus dem Topf mit Friedolin und bin mir nicht so sicher, ob ich nicht vielleicht doch lieber wieder Fieber kriegen und zurück ins Bett wanken soll.

Aber dann kommt Sabine nach Hause und gleich nach ihr erscheinen auch Jasper und Moritz. Und während Sabine vor Freude darüber, dass ich wieder unter den Lebenden weile, sofort anfängt, Spaghetti zu kochen, weiß ich plötzlich, wie wir die Sache angehen müssen. Ich zwinkere Jasper und Moritz also zu und mache ihnen ein Zeichen, dass sie mir folgen sollen. Und dann erkläre ich ihnen meinen Plan …

Was für einen Plan hat Phillip?
Lies morgen weiter.

19. Dezember

Ich glaube, Jasper und Moritz sind echt froh, dass unsere Soko endlich die Arbeit wieder aufnehmen kann. Und ich bin froh, dass sie ohne mich keinen Schritt weitergekommen sind. Ich meine, es wäre natürlich ziemlich blöd gewesen, wenn ich mit Fieber im Bett gelegen hätte und die beiden solange schön gemütlich unseren Fall gelöst hätten. Haben sie aber nicht. Und nachdem ich ihnen meinen Plan erklärt habe, war ihnen auch klar, dass ich der Einzige bin, der die ganze Chose noch retten kann. Also nicht nur das Theaterstück, sondern ALLES.

»Wir müssen jetzt Schritt für Schritt vorgehen«, habe ich ihnen erklärt. »Und vor allem müssen wir ein paar Sachen voneinander trennen. Erstens, wir brauchen ein gutes Weihnachtsgeschenk für Sabine und Kalle. Nur falls wir die Autoknacker nicht mehr rechtzeitig erwischen.«

»Du willst aufgeben«, hat Jasper mürrisch festgestellt. Weil er da noch nicht so weit war, dass er meinen Plan wirklich zu würdigen gewusst hätte! Weshalb ich auch gar nicht weiter reagiert habe, sondern nur gefragt, wie viel Geld wir haben, wenn wir alle zusammenlegen. Wir sind auf fast dreißig Euro gekommen.

»Das muss reichen«, habe ich gesagt. »Dafür kriegen wir so einen VW-Bus, wie ich ihn neulich im Kaufhaus in der Spielzeugabteilung gesehen habe.«

»Gut«, hat Moriz genickt, »und wenn Sabine und Kalle den Bus blöd finden, können wir ja selber damit spielen.«

»Und zweitens?«, hat Jasper gefragt.

»Zweitens müssen wir das Theaterstück retten. Wir brauchen also vielleicht eine Ersatzpuppe, die wir wieder auf einen Schlitten montieren und …«

»Du willst echt aufgeben«, hat Jasper wiederholt.

Aber diesmal habe ich reagiert.

»Falsch«, habe ich gesagt und möglichst überzeugend

erklärt: »Ich will nur auf alle Eventualitäten vorbereitet sein.«

Davon ließen sich meine Brüder endlich beeindrucken. Also zumindest Moritz. Jasper musste natürlich gleich wieder behaupten: »Das ist doch alles Quatsch. Sag doch gleich, dass du aufgeben willst.«

Das Problem war, dass Jasper gar nicht so unrecht hatte. Irgendwie war ich mir alles andere als sicher, dass wir unseren Bulli wirklich wiederfinden würden. Und ich hätte mich besser gefühlt, wenn wir gleich eine Ersatzpuppe gebastelt hätten. Schon wegen Karlotta und so. Aber das konnte ich natürlich nicht zugeben. Ich musste also mal wieder improvisieren …

»Drittens«, habe ich daher weitergemacht, »müssen wir natürlich bei der Polizei nachfragen, ob sie schon irgendwas rausgekriegt haben …«

»Das hat Kalle schon gemacht«, hat mich Jasper unterbrochen. »Als du krank warst. Jeden Tag mindestens dreimal!«

»Und?«

»Nichts. Die tappen im Dunkeln«, hat Moritz erklärt.

»Sehr gut. Dann sind wir also nach wie vor im Rennen. Und das heißt, viertens, dass wir mit erstens anfangen und dabei gleich voll auf Kommissar Zufall vertrauen.«

»Hä?«, haben meine beiden Brüder gemacht und eindeutig nicht mehr durchgeblickt.

»Mensch, überlegt doch mal!«, habe ich meinen Gedanken zu Ende gebracht. »Leute, wir sind zu dritt, das macht sechs Augen! Sechs Augen, die nichts weiter machen müssen, als nach allem Ausschau zu halten, was irgendwie verdächtig ist. Und dabei kann jede Kleinigkeit wichtig sein! Vor allem natürlich VW-Busse mit irgendwelchen Leuten drin, die nicht so aussehen, als würden sie normalerweise einen VW-Bus fahren.«

»Alles klar, du meinst so Typen mit Skimasken über dem Kopf und so was?«, hat Jasper gemeint. Ich war mir nicht

POLIZE

ganz sicher, ob er sich über mich lustig machen wollte, aber weil uns Sabine sowieso gerade zum Essen rief, habe ich einfach nur geantwortet: »Morgen nach der Schule gehen wir zum Kaufhaus und dann …«

»Kommissar Zufall, kapiert«, hat Moritz genickt. »Ich hoffe nur, dass wir ihn auch erkennen, wenn er uns über den Weg läuft!«

»Ich sage nur ›Skimaske‹!«, hat Jasper gesagt. »Aber ist schon okay«, hat er schnell hinzugesetzt, als er meinen Blick gesehen hat, »vielleicht klappt's ja wirklich.«

Beim Essen habe ich dann allerdings fast noch Streit mit Kalle bekommen. Während ich krank war, hatte Kalle nämlich offensichtlich mit Herrn Krummbiegel geredet, und natürlich waren sie sich einig gewesen, dass die ganze Sache eine Nummer zu groß für uns wäre.

»Das geht einfach nicht, dass ihr in der Gegend rumrennt und wahllos irgendwelche Leute verdächtigt«, hat Kalle gesagt.

»Morgen gehen wir doch nur ins Kaufhaus«, hat Moritz versucht, ihn zu beruhigen.

»Weihnachtsgeschenke besorgen«, hat Jasper hinzugesetzt.

»Aber keine Sonderaktionen mehr, klar!«, hat Kalle erklärt. »Sonst …«

»Apropos Sonderaktionen«, habe ich schnell eingeschoben. »Ich habe gehört, dass du für Alexander ein Engelskostüm entworfen hast, stimmt das?«

»Ja, habe ich. Wieso?«

»Erinnerst du dich vielleicht noch, dass in dem ganzen Stück kein einziger Engel vorkommt?«, habe ich weitergebohrt. »In unserem Stück, das wir uns zusammen ausgedacht haben!«

»Ja, aber …«, hat Kalle ziemlich hilflos gestottert, »also ich glaube, deine Lehrerin hat da ein paar kleine Änderungen vorgenommen und …«

»Ein paar kleine Änderungen! Und das ist dir völlig egal?«

»Wie?«, hat sich plötzlich Caro eingemischt. »Phillips Lehrerin hat unser Stück verändert?«

»Und du machst auch noch mit?«, hat Sabine empört gerufen.

Und das war's erst mal. Jedenfalls hat keinen mehr interessiert, ob wir nicht vielleicht doch noch irgendwas planen. Sondern Sabine hat sich über Kalle aufgeregt, Caro hat ihr dabei geholfen, das Baby hat eine Weile zugeguckt und dann zu schreien angefangen, und jedes Mal wenn Kalle etwas zu seiner Verteidigung vorbringen wollte, hat Friedolin geknurrt, kurz: Kalle hatte echt keine Chance!

Irgendwann haben sich meine Brüder und ich dann ins Bett verzogen. Und heute hat Kalle nur gesagt: »Kein Wort mehr über das Theaterstück oder ich ziehe aus!«

In der Schule gehe ich gleich als Erstes zu meiner Lehrerin und erkläre, dass ich mich noch nicht wieder fit genug fühle, um bei den Proben mitzumachen. Was sie eindeutig nicht so schlimm findet. Eher im Gegenteil. Und als Karlotta mich in der Pause verschwörerisch in eine Ecke zieht, um zu fragen, wie weit wir sind, sage ich: »Plan A startet nach der fünften Stunde.«

Woraufhin ich wieder einen Kuss auf die Wange bekomme und im Englischunterricht mal wieder zu nichts zu gebrauchen bin. In Mathe auch nicht. Und jetzt stehe ich mit meinen Brüdern in der Spielzeugabteilung und wir streiten uns …

Worüber streiten Phillip und seine Brüder?
Lies morgen weiter.

20. Dezember

Wir nehmen den hier!«, erklärt Moritz und zeigt auf einen Karton mit einem blauen VW-Bus.

»Wieso das denn?«, regt sich Jasper auf. »Wir müssen natürlich den roten Bulli hier nehmen! Der blaue ist doch total das falsche Modell! Und außerdem war unser Bulli auch rot!«

»Aber zu dem blauen Bus gehört ein Wohnwagen«, beharrt Moritz, »hier, guck doch mal! Und er ist sogar noch billiger …«

»Hatten wir an unserem Bus einen Wohnwagen oder hatten wir keinen?«, fragt Jasper, nur um sich gleich selber die Antwort zu geben: »Wir hatten keinen. Also nehmen wir den roten!«

»Mann, überleg doch mal«, argumentiert Moritz, »wenn Kalle und Sabine den Bus später vielleicht gar nicht haben wollen, dann wären wir doch blöd, wenn wir nicht den mit dem Wohnwagen nehmen. Da kann man doch viel besser mit spielen.«

»Da hat er recht«, sage ich. »Und vielleicht reicht unser Geld dann noch für eine von den Puppen da …« Ich zeige auf die Weihnachtsmannpuppen, die auf dem Regal gleich gegenüber aufgereiht sind. »Ich meine, einen alten Schlitten kriegen wir bestimmt von irgendjemand, aber wir brauchen ja auch noch eine Puppe!«

»Ich habe mich schon gefragt, wann du damit rausrückst«, quetscht Jasper zwischen den Zähnen hervor. »War doch klar, dass du das die ganze Zeit geplant hast!«

»Ich weiß überhaupt nicht, was du meinst«, erwidere ich. Obwohl ich es natürlich ganz genau weiß. Jasper ist echt ziemlich fit in der Birne. Was mir im Moment gar nicht passt!

»Die Sache ist doch klar«, sagt er jetzt. »Als du gestern deinen Plan erklärt hast, hast du von vier Punkten geredet. Und der zweite war, dass du eine Ersatzpuppe bauen wolltest. Weil du nämlich gar nicht daran glaubst, dass wir unseren Bulli mit dem Weihnachtsmann wiederfinden! Das habe ich gleich gemerkt. Aber dann hast du nur noch von Kommissar Zufall gequatscht und von Punkt zwei war keine Rede mehr!«

»Du nervst«, sage ich nur.

Aber blöderweise hat jetzt Moritz seine kleinen grauen Zellen in Betrieb genommen.

»Willst du etwa sagen, dass er uns reingelegt hat?«, fragt er Jasper empört.

Jasper nickt mit zusammengekniffenen Lippen.

»Du Verräter!«, erklärt Moritz.

»Ihr nervt beide!«, sage ich.

»Und du bist feige«, erwidert Jasper.

»Okay«, sage ich. »Vergesst es. Wir kaufen den roten Bus und fertig.«

»He, warte mal! Wieso das denn?«, beschwert sich Moritz.

Selber schuld, denke ich. Mein kleiner Bruder muss noch viel lernen. Und vor allem muss er begreifen, wer hier das Sagen hat.

Jasper guckt mich nur an, als würde er sich nicht mehr so sicher sein, was nun eigentlich mein Plan ist. Und damit ist er nicht alleine! Ich bin mir nämlich auch nicht sicher …

Ich nehme den Karton mit dem roten Bus und gehe zur Kasse. Unser Geld reicht gerade so eben. Die Verkäuferin packt den Karton in Geschenkpapier ein. Auf dem Papier sind kleine Weihnachtsmänner mit Schlitten aufgedruckt.

Wortlos klemme ich mir das Geschenk unter den Arm und quetsche mich auf die Rolltreppe.

Meine beiden Brüder folgen mir. Auch wortlos.

Vor dem Kaufhaus bleibe ich stehen. Ehrlich gesagt habe ich keine Ahnung, was wir jetzt machen sollen.

Es nieselt. Die meisten Leute haben ihre Regenschirme aufgespannt. Ich gucke mich um. Gerade versucht eine Frau im Pelzmantel, irgendein großes Paket in ihren Mini zu schieben, der mitten im Halteverbot steht. Ein Radfahrer kurvt mit einem Schlenker um die offene Fahrertür. Er hat eine Ski-

25. Mai • 10:00 bis 18:00
Telefon: 0 41 22 - 96 17 33
12,95 €
Aufzug, KM 366 € + NK, Reth
m², saniert,
Rethfelder
Waren
Sniffy & Snutje
- ein klasse Duo!
Wer sich ein Tier aus
melden

Kinderwagen
n VW-Bus
worden ist,
sich bei
007110
Fun & Lollipop
rt Wagener Str. 4
25337 Elmshorn
www.discofun.de
lies Night
R ZUTRITT &
REIGETRÄNKE
a 1,- Euro
,- Euro
Mai
Euro
auto
fone
Plane

mütze übers Gesicht gezogen und drängelt sich jetzt zwischen die Autos, die an der Ampel ein paar Meter weiter auf Grün warten. Ein Autofahrer hupt und lässt das Seitenfenster runter, um dem Radfahrer einen Vogel zu zeigen.

Für einen kurzen Moment kann ich ganz deutlich sein Gesicht sehen. Und ich kenne den Typen! Ich weiß nur nicht, woher. Ein Typ im Anzug, den ich schon mal irgendwo gesehen habe. Und der sich jetzt lautstark mit dem Radfahrer streitet.

»Du hättest mir fast den Seitenspiegel abgebrochen«, brüllt er erbost. »Kannst du nicht aufpassen?«

»Pass doch selber auf!«, brüllt der Radfahrer zurück. »Wenn du deinen Bus nicht fahren kannst, dann bleib zu Hause!«

Stimmt! Jetzt kriege ich überhaupt erst mit, dass der Anzugtyp in einem VW-Bus sitzt. Das gleiche Modell wie unserer, nur in silbergrau. Und der Typ ist der, der neulich in der Spielzeugabteilung den kleinen Bulli mit Wohnwagen gekauft hat. Als Moritz aufs Klo musste und ich auf ihn gewartet habe!

Die Ampel schaltet auf Grün um. Die Autos fahren los.

»Die Nummer!«, rufe ich. »Los, merkt euch das Kennzeichen! H-MD achtachtzwei …«

»Du übertreibst«, sagt Jasper neben mir. »Aber so funktioniert das nicht. Du glaubst doch nicht im Ernst, dass du uns mit so einer Billignummer reinlegen kannst!«

»H-MD achtachtzwei«, wiederhole ich, während der silbergraue Bus in die nächste Seitenstraße einbiegt und verschwindet.

»Du meinst, das war … vielleicht Kommissar Zufall?«, fragt Moritz und hüpft vor Aufregung von einem Bein aufs andere.

»Quatsch mit Erdbeersoße«, erklärt Jasper.

»Das werden wir gleich wissen«, sage ich, »los, kommt. Wir statten der Polizei mal eben einen Besuch ab. Die sollen nur mal kurz im Computer gucken, ob der Wagen vielleicht als gestohlen gemeldet ist.«

»Mann«, stöhnt Jasper, »komm wieder runter, Alter. Das ist doch albern!«

»Nicht unbedingt«, sage ich und erzähle meinen beiden Brüdern schnell, dass ich den Typen in dem Bus schon mal gesehen habe. Und wo. Und dass er mir gleich irgendwie komisch vorkam. Wobei ich selber merke, dass das Ganze nicht unbedingt überzeugend klingt.

»Ein Typ, der einen VW-Bus hat und für sein Kind ein Spielzeugauto kauft«, nölt Jasper auch prompt los, »wirklich sehr verdächtig.«

»Und wenn doch was dran ist?«, fragt Moritz. »Du hast doch gehört, wie der Radfahrer gebrüllt hat, dass der Typ gar nicht VW-Bus fahren kann! Also, das ist doch ein Inditz!«

»Indiz, meinst du«, sagt Jasper.

»Kommt, Leute«, sage ich. »Manchmal muss man einfach was riskieren. Alles auf eine Karte setzen, kapiert ihr?«

»Das Einzige, was wir riskieren, ist, dass sie uns für bescheuert halten«, meint Jasper. »Aber okay, du bist der Boss. Wenn du dich unbedingt lächerlich machen willst, ich habe dich jedenfalls gewarnt ...«

Das Polizeirevier ist nur zwei Straßen weiter. Auf dem Weg wiederhole ich noch ein paarmal die Autonummer, damit ich sie auf keinen Fall vergesse.

Und dann sind wir da. Der schwarze Soko-Bus steht wieder neben zwei Streifenwagen auf dem Parkplatz. Ich drücke auf den Klingelknopf an der Eingangstür ...

Was finden Phillip und seine Brüder bei der Polizei heraus?

Lies morgen weiter.

21. Dezember

»Wollt ihr irgendwas?«, fragt der Schnauzbart, nachdem uns einer seiner Kollegen im richtigen Zimmer abgeliefert hat. Der Schnauzbart scheint nicht sonderlich begeistert von unserem Besuch zu sein. Aber wenigstens winkt uns die blonde Polizistin freundlich zu. Sie telefoniert gerade, während der Schnauzbart offensichtlich damit beschäftigt war, sich eine Apfelsine zu pellen. Heute hat er ein T-Shirt mit einem aufgedruckten Totenkopf an und auf dem T-Shirt der blonden Polizistin steht quer über die Brust BULLIZEI. Beide haben ihre Schulterhalfter umgeschnallt. Ich kann ganz deutlich die Griffe ihrer Waffen sehen.

»Also was jetzt?«, fragt der Schnauzbart und schiebt sich ein Stück Apfelsine in den Mund. »Ich hab nicht den ganzen Tag Zeit.«

»Wir auch nicht«, antwortet Jasper. »Das passt also gut.«

»Wir wollten nur fragen, ob Sie mal eben nachgucken können, wem der verdächtige VW-Bus gehört, den wir gesehen haben«, erklärt Moritz. »Die Nummer ist …«

»H-MD achtachtzwei«, ergänze ich.

»Und ob der vielleicht als gestohlen gemeldet ist«, setzt Moritz noch hinzu.

»Haha«, macht der Schnauzbart nur. »Sonst noch was?« Er zupft sorgfältig die Haut von der nächsten Apfelsinenspalte und tut so, als wären wir gar nicht da.

»Freut mich übrigens, dass Hugo Ihren Bus wieder fit gekriegt hat«, sage ich, um ihn ein bisschen auf Trab zu bringen. »Ging es eigentlich nur um einen Ölwechsel oder war noch irgendwas anderes?«

Der Schnauzbart verschluckt sich fast an seiner Apfelsine. Er hustet und spuckt Apfelsinenstückchen über den Schreibtisch.

Die blonde Polizistin legt den Hörer auf.

»Ihr wisst mehr, als die Polizei erlaubt«, lacht sie. »Woher um alles in der Welt kennt ihr denn ausgerechnet Hugo?«

»Jeder kennt Hugo«, behauptet Jasper.

»Und jeder weiß, dass er undercover für die Polizei arbeitet«, erklärt Moritz. Er sagt zwar »unterkofer«, aber die Polizisten verstehen ihn trotzdem.

»Reinhold hat wieder rumgequatscht, ist doch klar«, meint der Schnauzbart und wischt mit der Hand die Apfelsinenschalen in den Papierkorb.

»Also gucken Sie jetzt, was mit dem VW-Bus ist, oder nicht?«, fragt Jasper noch mal.

»H-MD achtachtzwei«, wiederhole ich.

»Passt mal auf, Jungs«, meint die blonde Polizistin, »wir können nicht einfach …«

»Sie sollen ja nur mal gucken, ob er als gestohlen gemeldet ist«, unterbricht sie Jasper. »Sie würden uns damit echt einen Gefallen tun.«

»Ist nicht gestohlen«, sagt der Schnauzbart. »War's das?«

»Aber Sie haben doch noch gar nicht …«, setzt Moritz an.

Der Schnauzbart steht auf, schiebt die Hände ineinander und lässt die Fingerknochen knacken.

»Das war's«, sagt er. »Und tschüss!«

Die blonde Polizistin nickt mir lächelnd zu.

»Haltet euch da lieber raus, glaubt mir, das ist kein Spiel …«

Moritz zieht einen Flunsch und sieht aus, als wollte er den Schnauzbart gleich vors Schienbein treten.

»Ich hab's doch gleich gewusst«, zischt Jasper mir zu, »das hätten wir uns schenken können.«

Aber ich höre kaum hin, weil mir gerade eine ganze Kette von Gedanken durch den Kopf schießt. Ich überlege, ob es vielleicht sein kann, dass sie uns nichts sagen wollen, weil der Typ mit dem Anzug auch zur Polizei gehört. Und dass sie die Nummer auf dem Kennzeichen genau kennen, weil der Anzugtyp als Lockvogel oder so was arbeitet und gerade dabei

chen Sie uns auf
25. Mai • 10:00 bis 18:00
ungs- und Beratungsbüro • Pi
Telefon: 0 41 22 - 96 17 33
12,95 €
Aufzug, KM 366 € + NK, Reth
m², saniert, Bl
Rethfelder
Waren
erlässig
ender
nat
Sniffy & Snutje
- ein klasse Duo!
Wer sich ein Tier aus d
Tierheim
Wem
geklau
der
der
melden

Kinderwagen
n VW-Bus
worden ist,
sich bei
007110
Fun & Lollipop
rt Wagener Str. 4
25337 Elmshorn
www.discofun.de
lies Night
R ZUTRITT &
REIGETRÄNKE
a 1,- Euro
,- Euro
Mai
SATURDAY NIGHT FEVER
Euro
Auto
fone
Plane

ist, in der ganzen Stadt irgendwelche Bullis zu klauen. Um so an die Bande ranzukommen! Oder … die Polizisten stecken mit der Bande sowieso unter einer Decke und …

Da klingelt das Telefon.

Die blonde Polizistin nimmt wieder den Hörer und meldet sich.

»Ja, stellen Sie durch«, sagt sie. Und dann sagt sie erst mal gar nichts mehr. Aber als der Schnauzbart uns jetzt zur Tür rausschieben will, winkt sie, dass wir noch bleiben sollen.

»Ja«, sagt sie in den Hörer, »ich schreibe gerade mit: Ein VW-Bus, Baujahr 2003, silbergrau, Kennzeichen H-MD achtachtzwei … habe ich. Wir sind gleich bei Ihnen.«

Sie legt auf und sagt zu dem Schnauzbart: »Vor einer Stunde etwa. Wieder ein Bulli. In der Südstadt diesmal. Das Modell und alles passen. Und die Nummer ist …«

»Ich hab's gehört«, stöhnt der Schnauzbart und verdreht genervt die Augen.

»H-MD achtachtzwei«, wiederhole ich. »Das ist der Bus, den wir gesehen haben.«

»Glauben Sie uns jetzt endlich?«, fragt Moritz.

»Genau«, nickt Jasper, »wir haben es Ihnen doch gleich gesagt! Aber Sie wollten ja nicht zuhören.«

Was ich jetzt zwar ein bisschen dreist von ihm finde, weil ja schließlich er derjenige war, der behauptet hat, dass sowieso alles Quatsch wäre. Aber egal. Ich habe ja selber nicht so richtig dran geglaubt. Und jetzt …

»Jetzt setzt ihr euch hierhin«, sagt die blonde Polizistin, »und beschreibt mir ganz genau, was ihr gesehen habt.«

Das Problem ist nur, dass es gar nicht so viel gibt, was wir genau beschreiben können. Eigentlich können wir nur sagen, dass der Typ einen grauen Anzug anhatte.

»Und eher dunkle Haare. Und ungefähr so alt wie Kalle, aber vielleicht auch jünger«, sage ich. »Er sah einfach aus wie … wie einer, der in einer Bank arbeitet oder so! So ein Anzugtyp eben.«

»Und er hat was gegen Radfahrer!«, ergänzt Moritz.

»Tolle Zeugenaussage«, erklärt der Schnauzbart. Er nickt der blonden Polizistin zu. »Also los«, sagt er. »Fahren wir hin, um uns den Tatort anzusehen. Hier verschwenden wir doch nur unsere Zeit.«

Er greift nach einer alten Parkajacke und einer schwarzen Wollmütze. Von der ich mir nicht ganz sicher bin, ob es nicht vielleicht auch eine Skimaske sein könnte.

»Und wir?«, fragt Jasper.

»Ihr geht jetzt schön nach Hause«, sagt die blonde Polizistin. »Wir melden uns bei euch, wenn wir noch was wissen wollen.«

Sie begleiten uns bis auf den Parkplatz. Dann steigen sie in ihren Schrottbulli und knattern davon.

»Mann«, regt sich Jasper auf, »wenn man ihnen schon mal helfen will! Noch nicht mal bedankt haben sie sich …«

»Echt«, schimpft Moritz. »Und jetzt schnappen sie sich die Kerle und wir sind die Dummen!«

»Quatsch«, erklärt Jasper. »Die kriegen doch sowieso nichts raus. Aber wir haben eine Spur, kapiert ihr? Wir klappern morgen alle Banken ab, die wir kennen, und …«

»Warte mal«, sage ich. »Wir wissen doch gar nicht, ob der Typ wirklich in einer Bank arbeitet. Ich hab doch nur gesagt, dass er so aussieht, als ob!«

»Wetten, dass?«, meint Jasper. »Und außerdem ist es unsere letzte Chance. In drei Tagen ist Weihnachten, Leute, denkt daran!«

Aber dann kommt es sowieso ganz anders. Als wir nämlich nach Hause kommen, empfängt uns Kalle mit einer Nachricht, die alles durcheinanderbringt …

Welche Nachricht hat Kalle für Phillip und seine Brüder?

Lies morgen weiter.

22. Dezember

In drei Tagen ist Weihnachten«, hat Kalle gesagt, kaum dass wir alle zusammen am Tisch saßen. »Und wir brauchen noch einen Baum! Deshalb schlage ich vor, dass wir morgen einen kleinen Männerausflug machen. Im Wald kann man sich beim Förster einen Baum holen, stand heute in der Zeitung. Man muss nur eine Säge mitbringen!«

Kalles Augen haben vor Begeisterung richtig geleuchtet.

Aber Jasper hat ihm gleich einen Dämpfer verpasst.

»Wir können morgen nicht«, hat er eingewendet. »Wir haben keine Zeit.«

»Weil wir nämlich unbedingt zur Bank müssen«, hat Moritz erklärt. »Und vielleicht nicht nur zu einer, sondern …«

»Außerdem hast du selber doch auch keine Zeit«, habe ich schnell eingeschoben, bevor Moritz sich verplappern konnte. »Ich wette, dass du in der letzten Minute noch irgendwelche Kostüme basteln musst, weil meine Lehrerin wieder eine neue Idee hat.«

»Falsch«, hat Kalle gegrinst. »Ich habe alles fertig. Ach ja, die Vorstellung ist übrigens auf Heiligabend verschoben, nachmittags um 15 Uhr. Deine Lehrerin hat vorhin angerufen. Irgendwas klappt wohl noch nicht so ganz. Aber ich habe nichts mehr damit zu tun, ich habe meine Sachen abgeliefert und aus. Unserem Ausflug steht also nichts mehr im Weg …«

Und jetzt sind es schon nur noch zwei Tage bis Weihnachten und wir latschen ziemlich missmutig zur Schule. Es schneit wieder. Aber unsere Stimmung ist eindeutig auf dem Nullpunkt.

»Wenn sie alles dafür tun, dass wir die Bande nicht kriegen können«, mault Moritz vor sich hin, »dann …«

»Haben sie selber Schuld«, ergänzt Jasper.

»Und den Spielzeugbus sollten wir ihnen auch nicht schenken«, macht Moritz weiter. »Wir behalten ihn einfach für uns!

Wenn wir schließlich nachher nicht im Wald herumirren müssten, hätten wir ihnen ruck, zuck unseren Bus wiederbesorgt! Mit Weihnachtsmann und allem …«

Das Plakat, das an der Schultür hängt, taugt auch nicht dazu, unsere Laune zu verbessern. Oben drüber steht:

DER VERSCHWUNDENE WEIHNACHTSMANN.

Dann kommen die Namen von allen, die mitspielen. Sogar Sebastian ist dabei. ZWERG NUMMER SIEBEN steht hinter seinem Namen. Und hinter Alexander steht: OBERZWERG, ENGEL UND HAUPTROLLE. Karlotta ist als REGIEASSISTENZ aufgeführt, Kalle als BÜHNENBILD UND KOSTÜME und …

»Die spinnen doch«, sagt Jasper empört und zeigt auf die letzte Zeile. Wo, so klein, dass man es kaum noch lesen kann, steht: NACH EINER IDEE VON PHILLIP.

Mir reicht es jedenfalls. Ich bin echt sauer. Und als dann in der ersten großen Pause Karlotta und Alexander ankommen, würde ich am liebsten gar nicht mit ihnen reden. Aber Karlotta packt mich gleich am Arm und flüstert verschwörerisch: »Du denkst doch noch dran, dass du uns den Weihnachtsmann auf dem Schlitten besorgen musst? Sonst ist echt alles vorbei!«

»Echt!«, mischt sich Alexander ein. »Das Stück ist so was von blöd, du, das kannst du dir gar nicht vorstellen. Ich muss jetzt sogar noch einen Engel spielen!«

»Und warum habt ihr nicht gesagt, dass ihr es blöd findet?«, frage ich sauer. »Ich meine, wenn ihr alle einfach mitmacht, dann dürft ihr euch hinterher auch nicht beschweren …«

»Oh Mann«, stöhnt Alexander, »was soll das denn jetzt? Du weißt doch selber, wie das so läuft!«

»Jedenfalls brauchen wir den Weihnachtsmann«, fängt Karlotta noch mal an. »Und wenn ihr euren geklauten Bus nicht wiederfindet, dann … dann musst du eben noch mal so eine Puppe bauen!«

»Du kannst auch meinen Rodelschlitten dafür haben«, erklärt Alexander großzügig.

Aber ich zucke nur mit der Schulter.

»Baut euch doch selber eine Puppe, wenn ihr unbedingt eine haben wollt«, sage ich und lasse sie einfach stehen.

In den nächsten zwei Stunden wirft mir Karlotta immer wieder flehende Blicke zu. Aber ich reagiere einfach nicht.

Und als die Lehrerin zum Schluss noch besprechen will, wie die Generalprobe am nächsten Tag ablaufen soll, sage ich: »Ich kann nicht. Ich bin immer noch krank.«

»Aber du kommst doch wenigstens übermorgen zur Vorstellung, Phillip, oder?«, fragt sie und tut total freundlich. »Es ist ja schließlich dein Stück und du musst doch zum Schluss mit auf die Bühne und dich verbeugen!«

»Mal sehen«, antworte ich. »Sonst können Sie ja auch sagen, dass die Idee nicht so wichtig war, weil außer dem Titel sowieso nichts davon übrig geblieben ist.«

Ich weiß nicht, ob sie wirklich kapiert, was ich meine. Aber es ist mir auch egal. Für mich sind ab sofort Ferien! Und ich muss jetzt ganz schnell versuchen, mich auf Weihnachten zu freuen …

Was mir allerdings echt schwerfällt. Irgendwie wäre es schon besser gewesen, wenn wir die Autoknackerbande gekriegt hätten. Und am besten wäre es wahrscheinlich gewesen, wenn sie uns gar nicht erst das Auto geklaut hätten. Dann bräuchten wir uns auch jetzt nicht in der überfüllten Straßenbahn zu drängen und müssten aufpassen, dass sich keiner mit unserer Säge den Arm absäbelt.

Als wir endlich im Wald sind, besteht Kalle natürlich darauf, dass wir nicht wie alle anderen Leute gleich am Anfang einen Baum aussuchen. Obwohl da noch jede Menge Bäume sind, die sogar schon abgesägt sind und nur auf jemand warten, der sie mitnimmt. Aber Kalle will offensichtlich den absoluten Superbaum.

»Und den finden wir nur, wenn wir da suchen, wo sonst

keiner guckt«, erklärt er. »Außerdem will ich unseren Baum selber absägen!«

Er stapft los, ohne sich um unsere Einwände zu kümmern.

Also stapfen wir hinter ihm her, immer tiefer in den Wald hinein. Es schneit in richtig dicken Flocken. Und es ist so kalt, dass wir unseren Atem sehen können. Als wir auf eine Wiese mit einer langen Reihe Tannen kommen, nickt Kalle zufrieden und sagt: »So habe ich mir das vorgestellt.«

Er fängt an, den Bäumen den Schnee abzuschütteln, bis er einen Baum gefunden hat, der ihm gefällt.

»Los geht's«, sagt er und setzt die Säge an.

Wir stehen hinter ihm und gucken zu, wie er sich abmüht. Die Säge bleibt immer wieder in dem frischen Stamm stecken. Kalle schwitzt und schimpft vor sich hin.

»Ich höre was«, sagt Jasper plötzlich. »Ein Auto!«

Auf dem Fahrweg neben der Wiese tauchen zwei Scheinwerfer aus dem Schneegestöber auf.

»Wieder mal jemand, der zu faul ist, die paar Meter zu Fuß zu gehen«, schimpft Kalle, ohne hochzublicken.

Die Scheinwerfer kommen näher. Deutlich können wir jetzt den Motor hören, der sich im zweiten Gang durch den Schnee quält. Und dann sehen wir für einen kurzen Moment den Umriss des Autos, bevor es auch schon wieder im Schneetreiben verschwindet. Aber der kurze Moment hat gereicht. Das Auto war eindeutig ein VW-Bus! Ein grüner oder grauer VW-Bus, also nicht unserer, aber ich bin mir sicher, dass meine Brüder gerade denselben Gedanken haben wie ich …

Welchen Gedanken haben Phillip und seine Brüder?
Lies morgen weiter.

23. Dezember

Wir hocken bei uns im Zimmer auf dem Fußboden. Vor uns liegt ein Stadtplan ausgebreitet.

Jasper tippt mit seinem nicht gerade sehr sauberen Zeigefinger auf das Waldstück, das von einer gestrichelten Linie durchkreuzt wird. »Hier ist der Fahrweg. Und da hinten ist ein Haus eingemalt.«

Er zeigt auf ein kleines Rechteck ganz außen am Rand der Karte.

»Das ist es«, sage ich. »Da ist er hingefahren. Wahrscheinlich ein altes Bauernhaus oder so was.«

»Mit einer Scheune, wetten?«, fragt Jasper.

Am liebsten würden wir gleich los. Aber erstens ist es inzwischen stockdunkel, und zweitens hätten wir kaum eine Chance, uns aus dem Haus zu schleichen, ohne dass die anderen irgendwas merken. Wir müssen also bis morgen warten …

Ich glaube, so nervös war ich nicht mehr, seit ich zum ersten Mal auf den Nikolaus gewartet habe. Und das war im Kindergarten, so vor ungefähr hundert Jahren.

Meinen Brüdern geht es kaum besser. Und wir haben alle Mühe, uns nichts anmerken zu lassen.

Aber am nächsten Morgen will Sabine plötzlich unbedingt, dass wir erst mal mit dem Baby spazieren gehen.

»Eigentlich wollte das Caro machen«, behauptet Jasper schnell.

»Genau«, nicke ich. »Sie hat sich neulich schon beschwert, dass sie nie irgendwas mit dem Baby machen darf.«

»Und Friedolin will sie auch unbedingt mitnehmen«, setzt Moritz sicherheitshalber noch hinzu.

Sabine guckt zwar ein bisschen ungläubig, aber bevor sie irgendwas sagen kann, sind wir auch schon zur Tür raus und weg.

Die Fahrt mit der Straßenbahn kommt uns endlos vor. Wir

hocken auf unseren Plätzen und quetschen uns die Nasen am Fenster platt. Wir sind viel zu aufgeregt, um miteinander zu reden.

Als wir an der Endstation aussteigen, ist es immer noch nicht richtig hell. Und gerade fängt es wieder an zu schneien. Wir ziehen uns die Kapuzen über die Köpfe und laufen los. Der Förster ist noch nicht da, und auch niemand, der einen Baum kaufen will.

Wir fühlen uns ein bisschen, als wären wir die einzigen Menschen auf der Welt. Als wir tiefer in den Wald kommen, ist es fast ein bisschen unheimlich. Aber dann entdecken wir auf dem Fahrweg eine Reifenspur im Schnee.

Jasper kniet sich kurz hin und sagt: »VW-Bus. Ganz klar!«

»Soll ich das Profil abmalen?«, fragt Moritz aufgeregt.

»Nein«, sagt Jasper nur. »Weiter!«

Jetzt sind wir da, wo wir gestern mit Kalle den Baum abgesägt haben. Der Fahrweg macht einen Bogen nach rechts und wird deutlich schmaler. Aber die Reifenspur ist immer noch zu sehen und an dem Gebüsch am Wegrand sind ein paar Zweige abgeknickt.

Wieder kommt eine Kurve.

Plötzlich riecht es nach Rauch. Gleich darauf sehen wir zwischen den Bäumen ein Licht schimmern. Ein Bauernhaus mit einem erleuchteten Fenster. Und mit einer Scheune daneben!

Wir gehen hinter einem Baumstamm in Deckung. Aber außer dem Rauch, der in dicken Schwaden aus dem Schornstein quillt, rührt sich nichts. Und es ist so still, dass ich jede einzelne Schneeflocke höre, die auf meiner Kapuze landet.

»Sagt mal«, flüstert Moritz, »wenn wir unseren Bus nicht finden, dann zahlt doch die Versicherung, oder? Also, ich meine, dann könnten wir doch auch … einfach abhauen!«, setzt er so leise hinzu, dass ich ihn kaum verstehe.

»Du hast Schiss«, stellt Jasper flüsternd fest. »Aber dafür ist jetzt keine Zeit.«

»Gucken wir uns das Ganze mal näher an«, nicke ich.

Wir schleichen geduckt von Baum zu Baum bis zur Scheune. Vor dem Tor sind jede Menge Reifenspuren. Ich gucke mich um. Das Bauernhaus ist von hier aus nicht zu sehen. Also kann uns auch niemand beobachten …

Das Tor ist nicht abgeschlossen. Und es ist so gut geölt, dass es sich ohne das kleinste Geräusch aufschieben lässt. Wir drücken uns durch den schmalen Spalt in die Scheune. Es ist so dunkel, dass wir kaum etwas sehen können. Aber es reicht, um die VW-Busse zu erkennen, die in langer Reihe nebeneinandergeparkt sind.

»Eins, zwei, drei …«, fängt Jasper zu zählen an. »Neun Bullis, mindestens!«

Der Bus direkt vor uns ist der silbergraue Bus mit der Nummer H-MD 882.

»Und da ist unserer!«, flüstert Moritz.

Er hat recht. Gleich daneben steht tatsächlich unser Bulli! Aber als wir durch das Fenster in der Schiebetür gucken, fehlt der Weihnachtsmann.

»Diese Schweine!«, stellt Moritz fest. »Und was machen wir jetzt?«

»Wenn wir ein Handy hätten«, überlege ich, »dann …«

»Wir haben ein Handy«, erklärt Jasper. Er zieht ein Handy aus der Tasche. Caros Handy! »Hab ich mir mal kurz geliehen«, sagt er. »Für alle Fälle …«

Wir beraten flüsternd, wen wir anrufen wollen.

»Bloß nicht einseinsnull«, meint Jasper. »Die verbinden uns nur mit der Soko und die glauben uns dann wieder mal kein Wort.«

Also drücken wir die Nummer von uns zu Hause. Kalle geht ran.

»Wir haben die Bande«, sagt Jasper. »Und du musst der Polizei Bescheid sagen. Kommt schnell, sonst merken sie noch was und hauen ab.«

Ich nehme ihm das Handy aus der Hand.

»Der Wald, in dem wir gestern waren«, erkläre ich Kalle. »Ihr müsst nur dem Fahrweg folgen. Ganz am Ende ist ein Bauernhaus. Wir warten hier auf euch!«

Ich klappe das Handy zusammen und gebe es Jasper zurück.

»Bin gespannt, wie lange sie brauchen«, sagt Jasper.

»Bestimmt eine halbe Stunde oder so«, meine ich. »Los, lasst uns mal nachsehen, ob wir nicht bis dahin auch unseren Weihnachtsmann wiederfinden!«

Wir schieben sorgfältig das Tor wieder zu und schleichen uns zum Bauernhaus rüber. Neben der Haustür sind ein paar Fußspuren. Und Abdrücke, die aussehen wie von irgendwelchen Hundepfoten. Außerdem ist mitten im Schnee ein gelber Fleck. Aber da kapieren wir es noch nicht! Wahrscheinlich einfach, weil wir zu aufgeregt sind, um überhaupt irgendwas zu kapieren.

Stattdessen drücken wir uns neben das Fenster und versuchen, durch die Scheibe zu gucken.

»Hä?«, macht Jasper gleich darauf. »Was ist das denn?«

Und dann sehe ich es auch. Eine Küche. Auf dem Tisch stehen noch die Reste vom Frühstück. Und zwischen den Tellern und Tassen liegt ein kleiner Spielzeugbulli mit einem Wohnwagen. Aber der Tisch ist an die Wand gerückt. Und auf dem freien Platz davor fährt unser Weihnachtsmann auf seinem Schlitten hin und her. Von ganz alleine, als wäre er ferngesteuert.

Er ist ferngesteuert! Im nächsten Moment entdecke ich nämlich auch die drei Typen an der Wand, die sich köstlich zu amüsieren scheinen. Einer mit einer Glatze, der einen kleinen Kasten mit einer Antenne in der Hand hält, neben ihm steht der Typ mit dem grauen Anzug und der dritte hat einen langen grauweißen Bart und …

Wer ist der dritte Mann von der Autoknackerbande?
Lies morgen weiter.

24. Dezember

Ich weiß nicht mehr, wie lange wir so vor dem Fenster gestanden haben. Wahrscheinlich waren es nur ein paar Sekunden. Und dann hat auch schon das Handy in Jaspers Tasche geklingelt. Gleich darauf kam der Schäferhund von Herrn Oldenburg unter dem Küchentisch vorgeschossen und stürzte sich von innen kläffend auf die Scheibe.

»Weg hier!«, habe ich gerufen und Jasper hat das Handy einfach in den Schnee fallen lassen.

Während wir schon rannten, haben wir Caros empörte Stimme gehört: »Wenn ich nicht in fünf Minuten mein Handy zurückhabe, könnt ihr was erleben, ihr Blödmänner!«

Mehr haben wir nicht verstanden, weil da auch schon Felix mit der ganzen Bande im Schlepptau aus der Tür geprescht kam. Und wir dachten natürlich, jetzt wäre alles vorbei. Aber zum Glück hat sich Felix ohne zu zögern auf Caro gestürzt! Also auf das Handy mit Caros Stimme, meine ich. Wodurch wir einen klitzekleinen Vorsprung bekamen …

»Unser Bus!«, hat Jasper im Laufen gekeucht, »der Notschlüssel, ihr wisst schon!«

Die Idee war gut! Ohne lange zu überlegen, haben wir uns wieder durch das Tor in die Scheune gequetscht. Jasper hat in der vorderen Stoßstange von unserm Bus nach dem Versteck getastet. Wo wir immer einen Zweitschlüssel mit Klebeband befestigt haben, seit Kalle mal den richtigen Schlüssel verloren hat.

»Er ist nicht da!«, hat Jasper verzweifelt gestöhnt, aber als ich noch mal gesucht habe, war er doch da. Mit zitternden Fingern habe ich unseren Bus aufgeschlossen. Wir sind reingeklettert und Jasper hat die Türverriegelung runtergedrückt und dann haben wir uns Friedolins alte Decke über die Köpfe gezogen.

Keine Minute zu früh! Inzwischen hatte Felix nämlich unsere Spur aufgenommen und die ganze Bande zu unserem

Bus in die Scheune geführt. Jetzt sprang er kläffend daran hoch und kratzte mit den Pfoten über das Blech.

»Platz, Felix!«, haben wir Herrn Oldenburg brüllen hören und: »Aus!« Dann hat er am Türgriff gerüttelt. Aber der Bus war ja schon wieder abgeschlossen.

»Dein Köter hat sich geirrt«, hat eine andere Stimme gesagt. Wahrscheinlich der Glatzkopf. »Hier ist keiner. Die sind längst weg.«

Dann war es plötzlich ganz still. Und wir konnten deutlich eine Polizeisirene hören, die schnell lauter wurde …

Danach war das Chaos ausgebrochen. Die Bande hat natürlich noch zu flüchten versucht, aber sie hatten keine Chance. Als wir die Köpfe unter der Decke vorgestreckt haben, kam die Polizei schon in die Scheune gestürmt und hat alle verhaftet.

Wir sind mit weichen Knien aus dem Bus gestolpert, und Kalle hat uns der Reihe nach in den Arm genommen, als hätte er schon nicht mehr daran geglaubt, uns jemals lebendig wiederzusehen. Natürlich musste er dann auch noch ein bisschen meckern, weil wir uns ja nicht an die Absprachen gehalten hatten. Aber als die blonde Polizistin uns gratuliert hat, hat er auch gleich wieder aufgehört zu meckern und sah so aus, als wäre er sogar ziemlich stolz auf uns.

Gleich darauf kam der Schnauzbart an.

»Okay, Leute«, hat er gesagt, »tut mir leid, aber ich habe euch echt unterschätzt. Willkommen im Team!«

Er hat uns allen die Hand geschüttelt, und während die anderen Polizisten die Autoknacker abgeführt haben, sind wir in dem schwarzen Undercover-Bus mit zum Revier gefahren, weil sie natürlich unsere Zeugenaussagen brauchten. Und abends mussten wir die ganze Geschichte noch mal für Kalle und Sabine wiederholen.

»Unglaublich«, hat Sabine immer wieder gesagt und den Kopf geschüttelt, »also dieser Herr Oldenburg ist tatsächlich …«

»Der Boss von der Bande gewesen«, habe ich genickt. »Und der Brief an Herrn Krummbiegel war nur ein Ablenkungsmanöver! In Wirklichkeit hat Herr Oldenburg nämlich die Autos ausgeguckt, der Anzugtyp hat sie geklaut und der mit der Glatze sollte sie umspritzen und andere Kennzeichen montieren. Und dann sollten die Busse irgendwo im Ausland verkauft werden.«

»Genau«, hat Jasper gegrinst. »Nur dass der mit der Glatze noch gar nicht angefangen hatte, irgendwas an den Bussen zu verändern …«

»Weil er erst mal unseren Weihnachtsmann umgebaut hat«, habe ich erzählt, was die Polizei beim Verhör rausbekommen hatte.

»Und jetzt ist unser Weihnachtsmann ferngesteuert!«, hat Moritz begeistert gerufen, »und morgen können wir ihn holen und dann bei uns im Wohnzimmer hin und her fahren lassen. Oder sogar draußen auf der Straße!«

»Ist ja toll!«, hat Caro zum ersten Mal den Mund aufgekriegt. »Aber mein Handy ist trotzdem weg, oder?«

Jasper hat keine Antwort gegeben, sondern mir nur zugezwinkert. Bevor wir mit zur Polizei sind, hatten wir Caros Handy nämlich noch schnell aus dem Schnee gefischt. Und es funktionierte sogar noch! Weshalb wir es ihr schön verpackt zu Weihnachten schenken werden …

Das war's so im Großen und Ganzen. Und jetzt ist Heiligabend und wir haben unseren Bus bei der Polizei abgeholt und den ferngesteuerten Weihnachtsmann heimlich hinter die Bühne in die Aula gebracht. Gerade noch rechtzeitig, bevor die Vorstellung anfing. Aber Karlotta weiß Bescheid. Und diesmal habe ich sogar zwei Küsse gekriegt, einen links und einen rechts!

Ich stehe mit der Fernsteuerung hinter den Kulissen. Die Aula ist total voll. In der ersten Reihe sitzt meine ganze Familie. Krummbiegels sind auch da. Das Stück läuft gar nicht so schlecht. Was aber vor allem damit zu tun hat, dass Kalles

Kostüme echt gut sind. Die Zwerge sehen wirklich aus wie richtige Zwerge! Und als Alexander jetzt in seinem Engelskostüm und mit einem goldglänzenden Schwert in der Hand erscheint, hält das Publikum vor Spannung glatt den Atem an.

»Ein König ist euch geboren«, verkündet Alexander.

»Stichwort!«, zischt mir Karlotta zu.

Ich drücke auf den Startknopf an der Fernbedienung. Der Schlitten mit dem Weihnachtsmann kommt auf die Bühne gesurrt.

Das Publikum stutzt kurz, dann fangen die ersten an zu lachen.

»Fahr eine Kurve!«, flüstert Karlotta.

Ich nicke und drücke den Lenkhebel. Nur leider in die falsche Richtung! Der Weihnachtsmann fährt nicht nach links, sondern nach rechts. Und bevor ich überhaupt reagieren kann, poltert er auch schon von der Bühne. Aber er fällt nicht um, und diesmal erwische ich den richtigen Hebel und lasse den Schlitten einfach den Mittelgang hochfahren, als wäre es genauso geplant gewesen. Und das Publikum tobt vor Begeisterung!

Plötzlich steht die Lehrerin neben mir.

»Ich weiß nicht, was ich sagen soll«, flüstert sie mir zu. Wobei sie allerdings so aussieht, als wüsste sie ganz genau, was sie sagen will. Aber da ruft Herr Krummbiegel gerade laut »Bravo!«. Und dann rufen alle »Bravo!« und »Zugabe!«, und die Lehrerin greift nach meiner Hand und zieht mich mit auf die Bühne, wo Karlotta, Alexander und die anderen Zwerge sich gerade verbeugen. Und wenn mich nicht alles täuscht, muss ich mir um meine Deutschzensur dieses Jahr keine Sorgen mehr machen …

Erfinde doch auch selber ein Theaterstück, das du nächstes Jahr mit deiner Klasse aufführen kannst!
Denk dir was aus.

Foto: © Jochen Lübke

Wolfram Hänel, geboren 1956 in Fulda, lebt mit seiner Frau und seiner Tochter in Hannover und in der Nähe von Kilmore Quay in Irland. Er arbeitete als Plakatmaler, Theaterfotograf, Studienreferendar, Spiele-Erfinder und Dramaturg, bevor er 1987 zu schreiben anfing. Bislang sind mehr als 80 Romane, Erzählungen und Bilderbücher von ihm erschienen, die in insgesamt 16 Sprachen übersetzt wurden. Für seine schriftstellerische Tätigkeit wurde er 2001 mit dem Kurt-Morawietz-Literaturpreis der Stadt Hannover ausgezeichnet.
Mehr über Wolfram Hänel und seine Bücher
unter www.haenel-buecher.de